The Bell before Sunrise

刘景侠 著

日出前的钟声

作家出版社

The Bell before Sunrise

作者简介

刘景侠

毕业于内蒙古师范大学汉语言文学系，赤峰学院副教授，司宙作文创始人。

已出版长篇小说《那片土地》《今夜有太阳》《困惑》《红记》《庭院里的丁香树》等，长篇诗体小说《从老牛湾出发》。已刊发长篇诗体小说《一夜雪沃》等。

读书，教书，写书。

一个在梦中行走之人，孤独隐秘的行走之人。

内容简介

“我”与曾深入中国研究红山文化的法国博物学家、古生物学家桑志华相携计议，请建筑艺术家柯布西耶设计图纸，在红山文化的源头山峰建造文化圣殿。日出前，圣殿传出的钟声，在错综复杂的寓意团里表达着对生命的良好愿望。“我”也从祖先跋涉的足迹里，感受到星星点点却又不可撼动的恒久力量。

长篇小说《日出前的钟声》从红山文化源头出发，向史前进军，为人类文化寻根溯源。作品牵着历史的衣襟，魔幻浪漫，真实虚妄，如一面生存的凸透镜，聚焦万象，引人思考。作者借助白话与诗格相融合的方式，以自带神秘气息的文字，揭露事物一种非寓言、非象征的本质——秩序，信仰，爱。

他序

一部唤醒灵魂的剧本

丛培画

◆◆◆

有人说，佛陀是已经觉醒的众生，而我们就是尚未觉醒的佛陀。因为尚未觉醒，所以需要被唤醒，而《日出前的钟声》，便是一部能唤醒灵魂的剧本。它唤醒了我，让我从那曲折离奇甚至有些荒谬的情节中，明白了“我处于这个世界，但我不属于这个世界！”；明白了人要“学会臣服，学会接纳，学会反思，学会爱”；明白了“人生唯一的意义，就是走的时候比来的时候再高一点点，人来到这个世界上，唯一的目的就是让灵魂升级！”……

《日出前的钟声》里，“我”是一个“处于这个世界，但又不属于这个世界的”似人似鬼似神似仙的虚幻形象。

初读《日出前的钟声》也感到茫然，尽管读之前已有幸跟作者交流过，也大致了解作者的创作意图。但当我真的面对那些文字时还是被吓到了，也着实迷糊了，我觉得我无法将那些文字串联成我能理解的画面，哪怕是稍微清晰一点的头绪都理不出来，更不用说去体会那文字背后的思想精髓。准备暂且放下又心有不甘，脑海里突然蹦出“虽有至道，弗学，不知其善也”这句话，便又拾起，出声读，配乐读，圈点标记读，重新通读。因为我知道这文字以及背后的格局和情怀，是值得我们用心、用爱甚至用生命去解读的。

终于，我有我的浅薄却又让我自己沾沾自喜的认知。《日出前的钟声》塑造了一个“处于这个世界，但又不属于这个世界”的虚幻形象，“我”可以在现实，可以在梦中，可以在任何一个想去的真实或虚幻的空间，可以见任何一个想见的人。桑志华、柯布西耶、已故的妹夫、倪瓒、贾宝玉、林黛玉、小猎人、僧人……可以在没有纪元的史前，可以在有纪元的现代；可以是前世，可以是今生；潇湘馆、灰坑、四川广汉、积石冢、大墓、去千岛湖归途中踅进的黄山、瓦尔登湖、张家界……

其实，我总以为我能有超然的能力，让人无病无灾，永远安详。我总以为什么神灵会向我演示天地间该有的仙丹。

——还要走很远的路，

——还要走根本不知道在哪儿的路，

——还要去探寻也许根本不存在的美好，

——还要继续怀着可笑而稚嫩的心去摘那朵有标志的玫瑰。

就是这样短短的诗行，却带着我领略了难以详尽描绘的形象和画面，更有那穿透形象、画面的深沉的思索和灵魂的拷问。我真的被震撼到了，觉得这就是神来之笔，这是用灵魂写就的书。无论是那个用灵魂创作的人，还是书中那个离奇的虚幻的荒谬的形象，都让我看到了那个“处于这个世界，又不属于这个世界”的“我”，一直在探索、在追寻、在传承……

《日出前的钟声》是前所未有的探索，是孜孜以求的追寻。无论是作者本人，还是小说中的主人公，始终是一种追寻的状态。且独辟蹊径，小说立足于现实，也着眼于未来，但更多的是对史前的探索和追寻。情节丰富、离奇、跳跃，语言形象、灵动、唯美……

生命本身就是一个不断探索、不断追寻，又不断感悟和成长的过程，在这个过程中经历该经历的一切，在逆境中历练，在顺境中提升，把苦难消化，把美和爱留下！所以当我们细读细品之时，又觉得这是一种回归，回归生命的本源，回归爱！在这个物质极大充裕的现代社会，快节奏的生活使得我们大部分人的精神世界无比匮乏贫瘠。麻木、机械地做着除了能赚到面包而不知还有其他任何意义的“工作”，被时代的洪流推着，被动地快节奏地向前，却无法明确前行的方向。读《日出前的钟声》，用心去品，一章、一段甚至一句，都犹如醍醐灌顶，会不断有“是这样啊！原来如此！”的感慨。你会随着那荒诞离奇的情节不断地剖析自己，你会领悟“其实一切早有安排，困扰我们的原来是我们自己的执念！”；你会去尝试学着“臣服、接纳、反思、施爱……”。

诗体的形式、跳跃性极强又极其荒诞的情节的背后，我们感受到了宇宙间的所有善、恶、美、丑。宇宙本身是浩渺神奇的，人类一直试图通过科技与宇宙链接，但依然有太多无法链接到的边界，而精神的链接则没有边界。《日出前的钟声》将人与人、人与物、物与物，甚至于活人和死人、前世与今生之间都做了无缝链接，是一场跨时空、无边界的链接。所以我们可以认为、可以相信生命没有终点，永恒是存在的，而我们要做的是“学会臣服，学会接纳，学会反思，学会爱”，我们便可以拥有永恒！

“心魔是最大的灾难，当我们都能战胜心魔的时候，世界便无灾无难！”《日出前的钟声》不但敲响了战胜心魔的警钟，还教会了我们如何与心魔作战。这钟声是丧钟亦是警钟，是告别更是唤醒！

《日出前的钟声》更是一部可以奠定我们人生高度的书，从我们呱呱坠地到垂垂暮老，走这一遭的目的和意义是什么呢？《日出前的钟声》中的“我”，已用她的追寻和探索告诉我们：人生唯一的意义就是走的时候比来的时候再高一点点，给后人留下一些让生活更美好的东西，比如爱，比如艺术。读《日出前的钟声》，你会被那在逼仄岩缝里倔强生长的岩棕感动；你会为那化为一缕青烟、遁入佛门的宝玉释然；你会随那悠悠荡荡的云彩、流淌的空气、恣意的草木虫鸟，甚至那些现不出面容的各种肤色的生灵，学会将自己放空；你会慢慢认知和体会到：“其实，世界并不大，世界有无数个。有能力打碎也有能力建造一个世界，在生命存在的时候，存在于一个你喜欢并且适合存在的世界。为了这个世界，你的活动，你的存在，应该是在你不经事的时候……”文中的每句话都能让我们的灵魂瞬间被唤醒，让我们明白：“人生唯一的意义，就是走的时候比来的时候再高一点点。人来到这个世界上，唯一的目的就是让灵魂升级！”

读懂《日出前的钟声》，你会放下执念，你会越发地热爱生活，你会自觉自发地生出对美和爱的追求，你会珍惜你所经历和拥有的一切，你会感恩，你会成为一道光，照亮自己、照亮他人、照亮世界！你就是那个消灾解难的人！从此，世界无灾无难！

希望我们走进《日出前的钟声》，都能被《日出前的钟声》唤醒，再一起去唤醒并照亮更多的人！

一

突然睁开眼，从梦中醒来。

隧道，一条像隧道一样的路。不规则的拱形拱度，有石碴土块飞末坠下卷过来。

隧道坍塌了！

砸死，砸死我！

我没有从梦中醒来。就听有个声音在喊，跳下去，跳下去吧，快从窗口跳下去吧……

撒旦的声音。

撒旦在哪儿？

我就是撒旦，对，我就是撒旦。我往前走，我觉得我走对了，这回走对了，不用怀疑自己，我找对了，走对了。我找到了回家的路。

一切变得那么清晰，

一切变得异常真实。

谎言，

那么多谎言，

如黄河的滔滔泥浪，

从各个方向向我包抄过来。

好像，他们认识，他们了解了什么，

谎言和恐惑向我包抄过来。

我像个刚刚离开父母的儿童，

我好像做错了什么大事，

好像什么人要谋害我夺我的头夺走我的性命……

好像什么人要把保护我的恩情施与我一样……

我站在地上，

我站在了地上。

一切都刚刚变得真实。

“是怎样的目标呀，

让我颠沛流离……”

这是我第一次上学认识的字符，

凭什么跟他们都有了关系。

凭什么要有那么多撒旦的脸，

逼我从窗口跳下去……

洁白的雪，

关闭前世今世，

为什么失去比拥有更真实？

爱得太强烈，

疑虑重重……

什么乱七八糟的字符从我的脑子里蹦出来。

撒旦在哪儿？谁是撒旦？我是撒旦？我为什么逼自己从窗口跳下去？窗口在哪里？

什么是做梦？梦和真的一样，梦太长……比隧道还长。隧道有多长？我不知道，谁知道？我想找个人问问。找个人，人在哪儿？

“当、当、当……”

轻点，轻点，轻点……

震动得太厉害，土碴掉下来，石碴掉下来，我害怕……

“当、当、当……”

声音震耳欲聋。这回却心里安宁。我重又睡去，重又跌入梦中。那诗是我写的。我不会写诗，我不要写诗。我要回家。我迷了路，你告诉我，回家的路在哪儿？这回我走得对不对？我想家了，我想回到家，喝一口妈妈的那盆淘米泔水。你是谁？是撒旦吗？你不要把诗塞到我的梦里，你在害我，去害别人吧，不要害我，我承受不住了。给我喘口气的工夫，给我回到家见我妈妈的一个工夫，等我找到家，见见我妈，我再接受你给我的诗——撒旦！

“当、当、当……”

钟声变得柔婉。

我躺在撒旦的怀里，听他给我唱催眠曲，他把诗塞进我的左耳朵，从右耳朵流出来。

“跳下去，跳下去吧……”

我不再害怕。撒旦把翎毛笔塞进我的手里，我接着以前的练习簿的页码开始写诗，心甘情愿地写，心里却骂自己。

一切变得那么清晰，
一切变得异常真实。
谎言，
那么多谎言，
如黄河的滔滔泥浪，
从各个方向向我包抄过来。
好像，他们认识，他们了解了什么，
谎言和恐惑向我包抄过来。
我像个刚刚离开父母的儿童，

我好像做错了什么大事，

好像什么人要谋害我夺我的头夺走我的性命……

好像什么人要把保护我的恩情施与我一样……

我站在地上，

我站在了地上。

一切都刚刚变得真实。

“是怎样的目标呀，

让我颠沛流离……”

这是我第一次上学认识的字符，

凭什么跟他们都有了关系？

凭什么要有那么多撒旦的脸，

逼我从窗口跳下去……

洁白的雪，

关闭前世今世，

为什么失去比拥有更真实？

爱得太强烈，

疑虑重重……

二

从石碴壁上抬起头，应该是继续走。往前往后不知道，也没有什么左右前后方位感。只有耳朵里的声音。不是“当、当、当”，这声音有些尖细。锤子，凿子？分不清什么物件击打在什么物件上。声音很执着地持续着。好奇，十分好奇，我想知道什么人用什么凿什么想干啥？这声音从我头顶上下来，不错的。可没有杂质碴物从上面掉下来，说心里话我十分担心头上的什么东西崩塌坠落砸下来，躲避不及砸在我头顶上，后果不堪设想。应急关头，我生出若干念头，没有任何一种推测作为依托。好像来不及推测，脚也停不下来，就是走。不知什么时候，不知怎的，有一种光从一个小圆洞里射过来，太阳的光？应该不是月光。什么是太阳的光，说不准。我仰起头，往上看，那洞越来越圆，越来越大，收进的影像是一个后脑，后脑很大，向后鼓凸着，白发楂还是有，分不清年龄，应该有很大力气，好像有后眼，前面有没有眼，无从知晓，胳膊是有的，发了疯似的挥着，看样子是往一个物件的上面劈着凿着。凿一会儿，看看手上的纸本……

推断：他要把纸本上的东西凿摹到那个物件上。

叫作思考的做法，让我头痛如裂，我伸出一只手，想倚住石壁。我应该是扑倒下了。酣睡。什么感觉也没有，很舒服，应该是睡在梦中，四肢身躯化成水状似的，意识很清晰，我还是个人，我存在。人、存在，这些词语的概念不在了。

我睁开眼睛时，四周那么多灰坑，装垃圾的圆坑。我像几头猪一样在大一点的圆圈里，伸着前蹄，想起来，去找我的食槽。我知道，我是“壳郎”，养到年底杀的猪。我呛呛呛地吞几口谷糠水汤混混的东西，摇晃几下脑袋眼睛向育肥猪的槽里看了看，食很糨……

没等我挪到育肥猪槽子跟前，稀里哗啦地倒塌之声，我们猪的卧房上方的棚子倒塌了。相继听到“当、当、当”的声音。敲钟的声音。

一瞬间，更上面的土石灰石碴翻卷飞舞……

澄清中有红色的光，是光，粉色的光，原来那个后脑很大的老者正往一方顶天巨石上凿字。

“你在干什么啊？”

他根本没听到一样，我刚要往近前挪，红的粉的光不见了，根本没有巨石，也没有后脑，我的状态是走。至于壳郎猪、育肥猪抢食的清晰而又模糊荒唐的情状开始模糊，慢慢消失……

我希望快从梦中醒来。

我又无法断定这是不是梦。

迷失了？

什么是迷失？

别胡扯！

三

我从洞里爬出来。不，我在树上趴着时很幸福，享受快感。瞬间的快感送走了地洞里十七年黑暗的痛苦。没来得及欣赏自己比绢帛还薄的羽翅，没顾上描摹一下只有我才配说的斑斓，就擦着林黛玉肿得泡泡一样的眼袋离开了。只是，我没有跟她去潇湘馆，她去写诗，不是为我，为刚刚挨了打的贾宝玉。我不愿为任何人吃醋，谁也不配让我吃醋……

我的羽翅被潇湘馆里的凤尾竹剐烂了，我丢了比林黛玉还林黛玉的容颜，丢下自己的潇湘馆，留下一个装眼泪也装棺木的地方，满头蓬乱，一路爬行，还没完成蜕变，就蹲在了聚落遗址的灰坑旁。

盯着灰坑往下看，再往下看，一头栽下去，回到十七年前，再在黑暗的地牢里沉眠十七年，等待十七年……

往前后左右看一看，灰坑很多，很多很多，比居住的面积还多。

“灰坑太多了，这么多的灰坑！”

并没有什么人。

我没想问什么人，什么也不必问，问问萨特，他只会对我说，“他人即地狱”。这个讨厌的人，为什么要说这样的话？害得我一直没有看见可问话的人，即使看见了也不敢问话，怀疑他是坏人，怀疑他叼着烟卷勾引我去吻纸烟等于吻他的唇。他的唇被胡须遮掩住，唇廓应该很厚，舒展又半卷的头发可以用一用“曼妙”这个词，与脸廓周围的各种须发配比十分协调的眉毛卧在额头两边，粗浓而微动状貌都很有雄性的力度，让人自然地幻化出一枚雄性的器物……最有挑斗性的不是那器物，是那和毛须难以分辨又决然闪烁无与伦比的比月光还摄人心魄的一双眼睛，一双眼睛，宇宙空间里唯一的一双眼睛……什么原因？脚踩在水牢里，泥沼里？刚刚出浴？一件肥大的褐黑色格子衫装袖子泡泡式的，拦腰系住，遮住了下半身，就算是通身裸体，也是一个极完美的身形……他的眼睛里氤氲着海水一般的光，把男性的膨胀得无法收拢的野性美以一种比贾宝玉还纯洁还美的多情闪烁出来，再放荡的女人也舍不得去碰器物而毁坏这雄性的雕塑美……

他神情异常专注，他嘴叼着一支没有点燃的纸烟，望着被钉挂在壁上的我。是我吗？我希望那钉在泥石壁上的女人是我，是几代以前的我，或是几代以后的我，是转换几个轮回非是我不可的我。我满头的鬈发过于浓密，翻卷着的波浪尖发处有白色，沾的墙灰，还是时间染成？鹅蛋形的脸不必拒绝，沧桑感也不必否说，尤其那逃脱的旧犯一般的狰狞相让人感到亲切而心寒入骨。如果没有那像是染了微黄的齿痕，你没法不说这是超时代美人。从潇湘馆出来一路上遇到狼群虎豹夹击围堵染上凶野的脸，让人无法抗拒又在微颤中止步。

这是怎样的一张脸呀！

这是怎样的吸引着真雄性令其无法拒绝的一张脸呀！

我讨厌说那是我的脸！

男人努力地把纸烟往上举，女人努力地往下伸够，男人应不自觉地踮起脚，女人忘记了被钉在壁上的十字架松塌了，去够那筒状笔直的一支纸烟。

努力地够着……

原来，那支纸烟是为了缩短距离的存在……

历历衷肠吗？

俗常的腐词败语别辜负了米开朗基罗雕塑在地狱里的这幅卓越！

我想努力一下，再缩短一下和烟的距离，我能吻到那支纸烟，我几乎闻到了纸烟被点燃之后的浓郁的香味，但我听到村妇喂猪唤叫的声音。

“啰、啰、啰……”

我看见了在灰坑和房址之间的偏洞中间的台上站着的一个人。

哦！

嘴角微翘时的嘲弄的笑意，鼻翼边略下陷又未陷的不算小的眼睛里的光与嘴调出来的情调把一女子式的多情氲在一个刚性的脸上，像男女音混唱的李玉刚的歌声，像俗雅调都调不开的一种韵律。

应该是一个血肉弹调的人的肉身。

我没从灰坑边站起身，他往灰坑这个方向撩眼皮，应该，应该会走过来。我没有得出最后的心理结论。有一条，好像应该说得出来——高冷！高冷，生来就有的天赋，还是由于某种卑微或者礼仪仁爱不存的山野之风吹出来的粗俗还是硬撑什么绅士唯美的别扭举措情状？说不准。但是，风流自不必说，掩不住的。这一次上前相认、相见，还是等神右手上那朵红玫瑰的绽放？

“啰、啰、啰……”

随着农妇的唤叫，从半圆形深洞里跑出三头猪。站在台上的足够风流的第一个蹿下台在第三个猪食槽前站定，一脱嘲讽唯美的格调，吃着壳郎猪的汤水略多一点不够糨的猪食。这种猪食待遇的猪是留待过年时杀了肉不卖自家留用的那种，不用忙于育肥。

我险些鲁莽造次！

他是猪，归那农妇所管。

跟地狱泥沼里的风流没关。

思虑太过，不必敏感！

四

我的一条腿滑插进灰坑。

晕困在灰坑边。心在梦里。梦里，我觉得维吉尔在救我，但丁望着从泥河里往上爬的蛇。一条、两条、三条……不知有多少条！脚心被触碰，蛇从灰坑底爬上来，舔我脚心，顺着裤筒，有一条贴着皮肉往上爬……

蛇芯子在舔两腿根部的毛……还有一条极细小的蛇在阴毛丛中爬……啊！小蛇变成了阴毛，所有的阴毛全是蚯蚓般的细如线段的蛇，它们在会阴和肛门之间挑动……

魇魔封住了我的声道，我喊不出声。维吉尔救我无效，但丁蹲在魔海岸边，想与那条变出人头的蟒蛇进行一次交流，想与地狱的生灵有一次交流……

我要死了。

有什么东西舔我的脸，拱我的唇，我闻到猪食的酸臭味。我的眼皮下意识地动了一下，睫毛缝里，看见了那只壳郎猪……壳郎猪吃的是三等猪食，没吃饱，它趁机也来害我吗？不是害？它将我周身舔遍，它的唇碰我的唇时，我身上所有性器官反应起来，浑身痒酥酥的失去知觉，晕在梦幻中。梦幻里，我整个身体飘起来，向地狱河上空飘去，上升、下沉，下沉、上升，当我的一只脚靠近泥河的时候，灼痛钻心。

我要掉下去了！

我要掉到地狱里了！

“师父救我！师父救我！”

望着我的但丁眼神是凝固的，维吉尔抬起一只手，手指弹跳，眯着眼，双唇上下嚅动。

“哦哟，哎哟！”

我脚踝以下在地狱的泥沼里了……

我从泥沼中挣脱出来向上飘升时，两只脚不见了，摆动着的是像鱼尾像鹅脚一样的大大的两个蹼……

我摆脱着超负荷的引力往上飘升，我摆脱了地狱的泥沼，我的头刚刚靠近维吉尔的肩臂，就被一股强大的气流冲击摔打出去，我被抛进略带乳白色的河流里。双目澄澈，感觉我从母腹中出来就是十八岁的少女，我有了十八岁少女的大眼睛，睫毛忽闪着生怕沾上乳白的液体，可我的下颌、我的唇、我的耳垂都吻在水里。再往下沉一点，水就进鼻子，进呼吸道……我一动不动，我贪婪地看上去自由幸福地半潜半游在水里，一动不动，怕人扰我，就那样仰着脸，瞪着眼，闪动的睫毛，满含着少女的懵懂在水的润含亲吻中饱尝爱抚的情意。肩膀双肩平稳，脊梁骨平稳，屁股平稳……

一个少女微趴微卧在水中，一动不动！

水中的少女享受着人间情意的曼妙，一动不动！

把一生的情致体味得无边无际，一动不动！

“师父救我，师父救我！”

她的嘴陷吻在水里，她喊不出声，她只能一动不动！

她趴卧的姿势，微笑时的妩媚，眼睛眨动的状态，清新脱俗，一切都是被宇宙时空雕琢成形，动不了，变不了，下有引力，上有压力，一动不动，就那样一动不动！

五

好安静！

真安静！

有亮色，没有太阳。

墨色中有光打过来，不是月光。上帝视角？不会说这类词语。只觉得有光，似乎很专业地投射过来，我没想在不明之处有什么摄影师。

一朵小黄花卧在那，悄无声息地卧在那。

菊花？蜡梅？格桑花？

确实，只一朵小黄花！你想搬来“孤独”这个词用？不必！花的瓣，一枚一枚，一瓣一瓣的，很鲜活，支棱着，像是长在地上刚刚绽放正在盛开。

我用眼睛的余光向四处打量，没有坟墓，我卧在腐叶很厚泥土呈鱼鳞状的土地上，这片土地像是被一场洪水淤过，哦，我被洪水冲走，淤到这里……什么人来寻找过我，没寻到人，以为已死。怎么筑坟，此处无法挖坑取土……

这朵黄花，是坟冢的象征吗？

眼前暗墨色的鱼鳞状的泥土地是一场山洪暴发后的背景？这片土地上确实发生过事情？

眼前这被摄影师处理过的墨黑色是梦的背景？我们确实在梦里，不过，不是地狱的昏暗，维吉尔、但丁也离开了我的梦。我感觉我躺在故宫的靠窗的廊道上，正飘雪，大红大绿的配色确实有大俗大雅的感觉。雪花落在宫殿殿顶的廊檐翘角上。忽听有人说，雪山顶上格桑花开了，他要去采格桑花。没听说过，大雪纷飞的时候盛开格桑花。

不是采花的人过于浪漫，是我晕在梦里。梦和做梦人过于浪漫。说是一场梦，有些不准确，你看，那朵润泽着水汽的小黄花就在我头的斜上方。我努力地眨动睫毛，拼命地睁开眼睛，还看见那绿色的躺卧在地的花茎，这花是刚刚采到的，也许，送花人离开不久，我想喊一声，喊不出，我在梦中。不过，我确信是他，以花为冢以花为祭的人是他！

我还是喊了，只是没声音。

“喵喵——”

宫殿的窗棂处有只猫在叫。喊不出声，就写下来，别遗失了……

一只猫从太和殿的窗棂外飘过，

它的脊毛上有零星的红色的雪末，

还“喵喵”地叫几声。

在梦里，

我看见捧了格桑花的神的侍从的脸上冻出的高原红。

什么样的人常在心里把真事真心疑为谎言？

或许，人类这种生物体内不该有这么复杂的心理基因，画出的动态曲线无形又多变；

或许，某个种族文化过于斑斓……

从梦中醒来又跌入梦中的人从魔幻的号叫悲哭里醒来。

她怀里抱着飘散芬芳的格桑花，哭晕在皑皑的雪山脚下。

她的手指扒出了血，

血滴在一座雪冢上。

采花人在雪冢里做梦，

哭坟人在雪冢外做梦，

冢内冢外，

盛开着格桑花。

……

小黄花？

六

我看见头上有一架飞行器，一个女孩驾驶的飞行器，机舱内坐着的是十几只大雁——从前听说的故事，一个女孩带着大雁第一次南飞的故事。它飞得越来越低，明白，它要载着我开始第一次飞翔……

我和大雁坐在了一起，它们的嘴都齐聚在我的两个膝盖上，侧着脸，听我唱歌：

好多人代替了好多人，
是谁在等天明，
是谁在数星星，这首歌谁在听，
谁又哭红了曾经……

听着听着，大雁们跟我一块唱起来。我们忘了这是在飞行，我们的喧嚣影响了飞行……

飞行器坠落时，大雁飞走了，我的腿摔伤了，只有那壳郎猪在啃我的唇。我从梦中睁开眼睛，发现我躺在山脚下，没有猪，没有大雁，只有歌声：是谁在数星星……

山脚下是一片绿油油的稻田，水稻在分蘖，长势良好。山坡，山脚，怎么会有大片的稻田？

一个人背了喷雾器在坝埂上喷雾。我向他走去，他示意我说，你别走近，等我喷雾器空了过去。后来，我们坐在山脚下攀谈起来。我说稻子长势喜人，弄不好，亩产一千五六百斤没问题。他说，应该是这样，可遇上了六十年一次的早霜期，恐怕产量大打折扣，很多稻粒来不及成熟。

“这不，先试试打打增产灵，看看灵不灵？”

我点着头向稻田地走去，一边走一边捡些柴草，看看西天边的霞光，便将柴草点燃，眼看浓烟滚滚，与氤氲的雾气相融。

“那一年，你们这样试验，还是管了一点事。”

我一愣，回头望他，这个穿了白衫的老人是谁？他怎么知道若干年又若干年前我经历的事？

有些事，说不清，但又那样清晰。

“当、当、当”的钟声响起，我们坐在山坡上，他从腋下扯出皮面套着的小酒瓶，一仰脖，喝干了瓶中酒，我吃着他递过来的肉干。他说他是我的老师，曾经教我种植清水稻……

我没敢盯他的脸，他的话句句是真。他是谁，我没有问出口来。钟声响过之后他问我：

“你要去哪里？”

“我来的地方？”

他仰天长啸。他一瓶一瓶地往肚里灌酒，他醉了，要么是疯了。

我搭不上话茬儿，瞟了他一眼便低头嚼肉干。

西边，太阳只留下一弦状边边儿，猩红殷红桃红斑斓的色彩晕在一起照在了喝酒老人的脸上。他额上有光，两眼炯炯，泪水不停地往下淌。我没有话说，不知说啥。我知道我从没做对事的情状中走出来，我说不对话，或者我一张嘴就错了。就这样吧，看着他，听他说，这是唯一的事情。

也许，他带在身上的酒都让他喝光了，我没问，也没制止。不知什么时候他扯出一把琴来弹，中阮还是古琴？也算是个音乐盲的我，无法判断，他弹的曲子是《渔舟唱晚》吗？也无从判断，其时，我已走神了……我倒在米勒的《晚祷》的情境中睡着了。后来，我从梦中哭醒，听老神农的声音依然悠扬……

篝火是我燃起来的。

我重又走向稻田坝埂，划拉几抱柴火将渠边埂旁的火再燃起。见浓烟滚滚便重回老神农的身边。

“听说你不种稻写书了？”他问我。

“嗯。”

“怎么就改弦更张了呢？”

“圆小时候的梦，初心……”

他的琴声戛然而止。琴弦有无断裂，不知道。

“当、当、当”，钟声不绝。

他问了我好多应该不应该问的问题，我想都没想就回答了他。

“听说你雇用人投稿？”

“嗯。”

“一天投五六个出版社？”

“嗯。”

“你在跑出版社……”

“嗯。”

“出了书成了事？”

“嗯……”

“你的书说得很对吗？”

“不知道……”

“如果不对？”

我见夕阳晚照确实很美。

我看不清他的眼神，他应该也看不清我的表情。不撒谎的话，我想逃跑，讨厌他没完没了的类乎末日审判的状态。

我不好意思忽地站起身走开。他的追问一句是一句，不紧不慢，逻辑性神仙也截不断。索性，我就用他心底的答案回答了他：

“将书泡水，搅成纸浆，造新纸——”我的话很长，语气几乎义愤填膺。

“当、当、当”的钟声，还有那位讨厌人狂躁的笑声让夕阳突然弹跳几下，光辉将整个照亮。尤其照亮了那个鼓凸凸的后脑，挥锤舞钎，夜以继日地往石上雕琢汉字，偶尔地看看离他不远的男人。那男人是米开朗基罗。

“那凿字的人是爱你的，有几千年了。凿出的一些关于《石头记》的文字是行书。还有一些楷书是从你的书页中遴选出来的……”

不过，我没有生出要去看看的冲动。我讨厌什么爱我的字样……爱什么爱，谎言披上了谎，整个过程都是低成本……

不过，我没说什么，是走我自己的路还是就地睡去做梦了。懒得和人说什么，用最大的耐性听像人像神似的生物说点啥，但绝对不入耳、不入心，抓紧时间睡觉，做梦。我要赶路。

——赶路要紧。

七

我一个人往前走时，应该说充满了喜悦，脚步自然轻松，甚至想唱起来。又没有完整的歌词。我想快一些找到他们，我的家人，我的生活。我不知道那个时候他们都吃什么，也应该吃谷物，吃小米，吃糜子……旧的记忆还在，旧有念头十分顽固。当然，我很难相信谁的理念让他拔着自己的毛发离开吸力到空中去。有时，困顿、困惑会让人不知所措，我怎么会往牛河梁方向走，要去女神庙拜拜女神，有时候，我竟觉得自己是女神……

走错了方向，我跟着一群扛着镐头和锹、穿着很干净的人后面，有序地走着。走着走着，人都散了。一个男人蹲下来，从沙子堆里往外抠东西，圆圆的石头，白森森的一只臂骨……他说他叫桑志华，从法国来，我生出冲动，想靠近他，跟他学说法语，学习世界上最美的语言。汉语也是世界上很美的语言，像法语一样不好学习。我教他学汉语，以行为易行为，像这里的先民以物易物，挺好。

他和我相伴，走了挺长一段时日。其实，我想带他去牛河梁看看，让他见识一下女神庙，看他那意思好像知道，不好奇。我是跟着他打转转的。先是围着褐红色的山逡巡，后是坐在山下面的杨树林子里喝东西，他喝红酒，我喝白水。我的白水用很大的葫芦头盛着。这葫芦头是那位老神农分别时给我的，这玩意儿倒有用，盛的水多，我想请桑志华喝一点葫芦头里的白水，我感觉他喝了，红酒并不完全解渴。可是，没有杯，我是对着葫芦头的嘴喝水的，不讲究，不卫生，算了吧，丢份儿。法国人那么浪漫，可别埋汰人家了。后来，我倒吃了他一枚巧克力。再后来，他从挎包里掏出一卷牛皮纸，摊在地上画起来，又是高山，又是长廊的，还有小人模样的符号。不知咋，我懂了他的话，他也明白了我的心思。

十几天，几十天的光景，我们一直在一起。多半围着山转，远距离近距离地转，还爬了过去，到了半山腰又下来。

我听明白了桑志华的意思，我几乎把他的意图变成实体形象了。把这座山的周围建成画廊化的庄园，连行走的小径两侧都是画廊，水墨画、工笔画、油画、国画，甚至能游走的画……山的三面坡设置通向山顶的几条画廊，或描摹，或雕刻，或制作……他的考古变成了绘今了。他的一个想法我倒是觉得异常新鲜奇巧，可是，应该难以实现。

让这座山变空，变成殿堂，变成画廊。他的话说得玄，但我听得入迷，仿佛还看见一个叫柯布西耶的人在空中悬浮，空中传来电波，他说几千年以前他就做过梦，打过这座山的主意，如果能建造一座没有穹顶的教堂……

年代如此错乱混淆，梦境现实如此混淆。

柯布西耶戴了一片镜片的眼镜，他说他从法国东部索恩地区来，这我清楚，那地方距离瑞士只有几英里，这个柯布西耶在浮日山区的一座小山顶上建了朗香教堂——这教堂四面墙壁差不多都是窗，光照进来，还可以直接听到上帝的声音……神奇，浪漫！

我想呼唤他，让他从空中降下来，和桑志华见一见，我们三个开一个筹备会，草拟个倡议书，做一个可行性报告，去见市长见省长见……

我应该是醒了，一睁眼，四面皆山体，我在这座山底下，山底下是空的，是桑志华描述的画廊和教堂。我喊了几声桑志华，没有声音也没有影子。不知先前的是真还是现在的是假？没有怕，只是手中的葫芦头也不见了……

八

我没有喊桑志华，一个人默默地走。失去目标，方向也不清晰，或者说没有了方向。只管走。走了多远，没有丈量也没法记数，好像听耳边有翻书的声音，睁不开眼睛。好不容易睁开了眼皮，见黑乎乎的是一个人，在膝头上摊开的本上写着什么。我想喊“桑志华”三个字，说什么也喊不出声。漫长的一段过程失去记忆失去感知。我醒过来时出现在“北疆博物馆”。我明白了，是那个叫桑志华的人把我当作古生物标本抬到博物馆来的。

对，在山底下的空洞里写字的是他，他一定是在写日记，他把在野外考察、发掘的第一手资料都写进了日记，这个博物学家，在中国这片土地上待了二十五年，不容易，跋涉的苦累可以想见。

我想见见他，我想争取他的意见，我要建一座教堂……

昏迷又一次让我处在混沌中，我好像喊了“桑志华”的名字，没有回音，不知是我喊的还是什么人在喊，

“保罗 · 埃米尔 · 黎桑”——

保罗 · 埃米尔 · 黎桑——桑志华站在我面前时，我们

在几个半裸的先民面前，我抓着一把禾黍说这不是黍，是糜子，桑志华对我的话并不相信，用手拈着根系的土，望着一个年长些的用小羊皮遮蔽下身的先民请他说出理由，连我都听不懂先民的表述，他怎么会听得清晰，他的华语水平怎么会超过我。我告诉他，再等些时日，把籽粒收下来用水煮熟自然分晓，糜的粒比黍的粒还要大些。

我和桑志华在一片荒草萋萋的野地里，用不知哪位迁移而去的先民遗留下来的瓦器煮东西吃，我想告诉他这个粒大的煮开了花儿的谷物是糜子米，不是小米，也不是黍米。他侧脸朝我笑了一下，应该表示暂时认同。我说，你来这里这么久了，听到过音乐会吗？他又笑了，笑着摇头。在法国，很多家庭都可以组织音乐沙龙，你终日在野外奔走，不觉荒凉吗？他从衣袋里掏出大小不一形状不一的玉石块，几个指头熟练地动起来，即兴跳起来，吹过来的风伴奏，我捡起圆石顶在头上，和他对舞，面对面，背对背……

原始的舞台原始的音乐原始的舞蹈，像塞壬的歌声一样有诱惑力。

疲劳，放松，秋阳举着被褥过来，我枕着乱草睡去。感觉桑志华就坐在我的头侧。我在梦中却跟柯布西耶说话：

“你认识桑志华吗？”

他的头摇得拨浪鼓一般。

“你也像桑志华一样来我们这里，在这座山顶上建一座教堂，像朗香堂一样。以窗为门，让天上白云能听到我忏悔的声音……”

他笑了。笑得前俯后仰。他好像在说，好混乱，把不同国家的物、不同历史时期的人扭到一起来，你是谁？你的精神还正常吗？

我仰卧，望着穹隆，告诉他，在这片大陆上，有两座山体是红色的山。你看，前面那一座，是那么大的一座。这里，有很多美丽的传说，传说所推及的年代，你是否应该去问荷马。柯布西耶打量了我很久，他好像有些动心。模模糊糊地说了两句话，你领我去爬上那座山，让我看看，让我想想；桑志华在哪儿，让我见见。

我本想幡然坐起，和他好好聊聊……可是，心迷脑昏，重又跌入梦境，跌入梦境的梦境。

在博尔赫斯书房里听他讲诗，练习写诗。同时我还在不停地问，怎样时间才能更宽裕些？

忽然狂风大作，忽然有一座山坍塌，我被压在大山的底下……

九

天上飘雪的时候，我没有见到桑志华的脚印。他有他留足迹的地方。我左右前后看了看，雪没有隆起的地方，如果有什么人冻死埋在雪地里会发现。这个考古学家把自己的化石留在我的心里？我怀疑，我的心应该是装满了石头，没有装化石骨的地方。

雪很大，天不算冷。雪片鹅毛般飞舞，我在屋子里。这个屋没有门窗。“无从进来，也无从出去。”听到猫的叫声，不，是雪飘落的声音。这么轻，像猫足一般。我看着那猫，碧蓝碧蓝的眼睛，如一泓湖水，萦绕着我的眼球。我去了南海，这猫咪又在微绿的海水的浪尖上飞舞。

五彩滩的红褐色的石片是谁置下来的油画，我想躺下来也斜着微绿的海水，也像猫那样在海浪尖上滚一滚，握住猫的尾巴，捉迷藏……

我侧起身，从五彩滩的石缝里捡彩色贝壳，捡彩色的螺壳。真好看，有双体的，有歪头蟹状的，好看，好玩，装满两个小塑料袋。沉，壳在里面错碰，把塑料袋扎出好多洞眼。塑料提袋碎了，螺壳们堆撒在石滩上。用手把四散的壳往一起扫，堆在一起的壳，紫、绿、粉各种颜色杂在一起，柔，细腻。让人舍不得，不忍把它们留在滩上。留下来，是幅画，粘贴在红褐色石头做的画板上？不，再捡些来，不用笔，用这壳当字符，把诗粘在滩缝里，大海涨潮时也不能冲走这字符，一旦丢掉个把字，下一拨游客到来会补上另一个字符，又成了一首新诗……诗者为作者，作者变读者。到处都是诗，诗人也很多，出版社也省得浪费版面，显贵的诗人也不用求借无门哀叹命运无可奈何将自己变得卑微……

我笑醒了，还是大海涨潮了？有条大鲨鱼把我甩在涠洲岛五彩滩的狭窄的岸上。我的右手指套着一串钻石项链，大鲨鱼送我的，为了硬塞给我这串项链才救了我。这串项链是一个叫“希望之星”的游客硬塞给它的。那天，那个游客把链子先是装在衣袋里，后来戴在脖子上，便向大海的深水处游去……水足够深了，他从脖子上摘下链子向碧绿的大海抛过去……

终于丢掉了这劳什子，这可恶的赘物。因为这赘物，他死了一只可爱的猴子。当初，他托猴子将这钻石项链送于一位公主，又被猴子偷了回来，后来，他写信给公主将链子锁起来，猴子又去偷时被士兵活活打死了……

这一次，游客终于长出了一口气，将链子抛进了深海。当这位游客折转身回游时，一头鲨鱼在一米远的地方仰头向他致意，执意还回钻石项链……

什么原因没还回去，我不可能知道；什么原因，那条大鲨鱼救我一命，为了塞给我这条链子？

昏迷中，不知鲨鱼如何游回大海，更无法记起我是如何把链子抛回水中。

只记得神赐我绝望的夕阳时，我在滩口睁开了双眼，死死地望着五彩滩的石板面，果真，那些海螺壳还在，退潮的海水没有把它们带走，神让鲨鱼用口涎把大小不一形状不同的壳粘在石板凸凹处，还有位类如石雕似的京剧青衣在边上甩出唱腔，唱得太久，唱碎了口涎，五彩滩上的那幅螺壳画也有这京剧名角的不疲的歌声。

我想去看看，不敢了。天色变暗，几颗黑色的星眨眼睛，我侧耳听了一阵子，我想知道有没有哪位圣手把我的字符安排好，把系在我灵魂尾巴上的诗行安排好……

“当、当、当”，钟声洪亮，心腔舒畅，博尔赫斯把我送入梦乡。

睡去。遗忘，遗忘，不断遗忘。博尔赫斯一定要教会我遗忘！他说，真的被你遗忘的不会被别人遗忘，那个鼓凸凸的后脑，锤嵌了几千年，他知道哪些不该遗忘丢失，你的螺壳字符有的也在那上面……

“真的吗？”

我好像这么问了，他好像也回答了我，好像还答应我一小时后约见。

后来，到底是否约见，无从记起无从说起，但是，那个准确的时间，年代久远记不起了，但是，日子突然蹦出来，还有几句诗：

今天，二〇二三年三月四日，
我的眼睛里藏着很多遗忘的遗忘，
也装着很多不用努力记忆就有的记忆。
它们是一种人类的共识，也是宇宙的图形，
虚实变幻交错，
足以耗尽千秋生命。
虽然无法知其奥妙，
但，我敢说，没有人不对此痴迷。

今天，二〇二三年三月四日，
对世间事物看到的听到的都不多，
也可能算个盲人和白痴。
这会儿，我突然想到若干年前地道的愚作《困惑》，
还没有今天所遇困惑之困惑。

神在我写作途中设下迷宫，

感谢，有幸得见！

这一天，

我的心飞到涅槃和梵音交会的地方，

没有构思就已呈现

——《在东营》，那是我明天的作品，

虽然我无法完全知晓其中的内容和缘由。

十

我的心中被交响乐鼓荡。

交响钢琴曲。绽开的旭日之光染在涌起的波涛上——

确实，读得出压抑后的奔放。

虽然，那一声扬鞭的心灵告别足以结束人的生命，但，没有理由不为之祝福。

我不想关心桑志华为他多年以后在天津建的博物馆做着自觉不自觉的准备，但我有比他更有意思的事要做。在我的心里，有一个十分可怕或者说不能让别人知道的想法：

在我之前有没有人？

这想法的荒谬，荒谬的程度，鼠都知道。但我确实有如此鄙陋的想法。这想法，有时让我感到荒唐虚无，有时让我感到无畏，或者说，我成了一个勇武的人，勇武到不存在的状态。

我一直往前走，我想见到这种文化里的最早的第一个先民，甚至我想省察一下他的全部器官，我带了外科手术的器皿，还有麻醉剂，我确信我能独立给他缝合，如果我能陪他疗伤，治愈他，我愿意与他一起种下第一棵黍物……看看生命的真正缘起。

我发现一本书丢了，扔了，说不准了。我突然想知道日本平安时代皇宫中侍女生活的某个细节，赶紧翻翻紫式部的《源氏物语》。这书丢落到哪儿了？被我扔到哪儿了？赶紧回头走，到那片长了野穈黍的地方找找。

那个地方明明在，走近了，见一个男人蹲在那儿挖土，举着一截人骨呈沉思状。细看模样，没错，他是梁思永。他的长相和梁思成哪里相像？我的脑子开小差，想到了梁思成，想到了林徽因，乃至她就学的宾夕法尼亚大学美术学院，甚至那位一直被梁思成孩子称作金爸的金岳霖……

“当、当、当”的敲击声阻止了我与梁思永靠近的距离。我想爬上那座山，看那鼓凸着的后脑雕在巨石上的字有没有“极赞欲何词”几个字。我很喜欢金岳霖对林徽因的赞美之词，更明白了爱和自由的含义。

这么想时心有不安，因何而不安？倒说不清楚，理不明白。

弄不明白的事有很多，世上的事自是都难以弄明白，想弄明白的那一份执着有时可能是一种可爱，有时则是一种不可饶恕的愚蠢。那个鼓凸的后脑一定把有价值的文字雕上那顶天的巨石，有人传递信息说他是为了几千年前他的爱，乍一听倒也让人感动，其实也不必，而且这份感动不会持久。因为每一个人坚持着要做要实现的事只跟他自己原始冲动性的愿望有关，不必做任何演绎性的延伸。简单些，直观些，来得更真实。

没再往山顶上爬，怕直面那雕琢锤凿巨石的后脑。说什么，说不出什么，留下别人和自己的卑微的感觉和不肖的他日的回忆乃至罪恶式遗忘。不值得，多一份不美丽，可惜了。其实，这位鼓凸后脑不比那位考古学家高超，当然，也不一定就比他低微多少，不论他们做的事跟自己有没有关系，他们都在痴迷地做一件很投入且自认为是很神圣的事，就应该投以公道地给予尊重之心。

转回身，往山下走。当然，并不是去重见梁思永，不可能帮他去发掘，使他多一份尸骨，也失去了让他可能说几句关于梁思成、关于林徽因、关于金岳霖的生活逸事之兴趣。发生的已然发生，传播流淌下来的已与现实状态相去甚远，听后觉得悦耳势必徒增慨叹，听后疑问心中推理再辨真伪又多了许多遗憾定会减少热情。

算了吧！

要走的路还很长，要到一万年以前，至少，要到五六千年以前……何必为眼前事所累。

那里的人呀，不是有意挡我的去路，是我之所迷。几个人围观，两个人裸臂袒胸，用一很粗的皮条绳在一略显光度并粗显纹路的石上拉拽，皮绳已陷入石内三分之一处了。好不容易知道，已用去小半年的时间了。他们在制玉。我所在的地方叫岫田，有河流过，据说离牛河梁不远。

我在那里过夜。

夜间，入梦很深。有一个壮年男人向我走来，步态粗鲁朗健，眼神炯炯，光波热度足以让人喜欢。对他，接受与提防之心相均。暗黑的夜，蛮荒之地，有人相伴，多些温暖也好，可不安全感、莫名的恐惧之心也挥之不去。我盼望此时，虎狼之众将他叼去果腹。不用冥想就生幻觉，黑熊成群而至，下意识，直觉反应，我便喊了起来：

“救命，救命啊！”

一时间，熊去梦醒。并没有黑熊成群而至。只觉得有一只手在我肩臂上拍之呜之。

“哦，哦，不怕，不怕！”

温和粗重的声音送我重又入梦之后，只听窸窸窣窣的，那人在我前后上下翻找，像是翻出纸笔，从自己包里掏出一个闪白光的东西照亮，迅速地写画一回，离去前在我的额前画了几笔。隐隐地，他走了。这时，有月光闪烁，我扯过写字的纸，只见上面写着：“师兄，青埂峰一别数载，为生色货利所迷……得之应得，失之应失……”

他不跛不瘸，迅速消失在暗夜里。我从梦中醒来，无恐无惧，只是失声痛哭，哭声震得天崩地裂，浑黄的水从上从下从天地山川搅扯着向我包抄而来……

十一

一直，都在怪自己的步幅太小，我知道要去的地方在哪儿，也知道路程太远，但从没怀疑过自己的到达。尽管，疑惑过目标和目标处风景的虚无，但我从没放弃过已有的想法，也许，这不仅仅是我一个人的想法。只这样描述给人听，是虚弱的，我是想把各种色彩都在有形的物上给人看。这是怎样的目标啊，假若一定是颠沛流离，也没办法，怕不得，悔不得！

蒺藜人，蒺藜事，也不必说没必要的话，该走往前走，该做按部就班地做。也许，有的人摔的跟头比我多，比我惨……

这么想着，抬头遇上了桑志华。他一脸茫然，用生硬的汉话问我，这么久没见你做啥去了？你好像不快乐？

不快乐，说不上，快乐也没有。就是这么一种状态，对于我，常态。我想告诉桑志华我心中的想法，我要找到五六千年七八千年乃至一万年前去，把宇宙间的真实状态描摹出来，把最舒松最自在最浪漫的活法演绎出来。但是，我知道，我还在想象中，我说不清楚，即使说清楚了，他也听不清楚。虽然来中国时间不短了，还有语言的障碍、文化的障碍……别盼着和什么人说清楚，尤其像我这样说不清楚事的人无法跟他说清楚。

“当、当、当”，鼓凸脑袋敲击雕凿的声音又开始了，而且异常洪亮。

“我就是太忙了，要不——”他停了话头的时候，深情地望着我，好像说，你知道山顶上雕琢凿嵌的事吗？很重要，可以解决未来不必要的出版困惑……

“极赞欲何词。”

他念出了这五字，还讲出了林徽因金岳霖的故事，他说你们中国人比我们法国人应该还浪漫。我想说我没去过法国，不知道谁比谁更浪漫。说着话，他硬要带我往山顶方向攀，我不知他看没看出我的无奈。突然，天空飘雨，没有闪电，却乌云成片成块成堆地压下来。

“啊呀，啊呀！”

我惊恐异常地大喊大叫，对着看不见的天哭，号啕大哭，根本顾不上有个什么桑志华，只是抱头鼠窜一般跑起来……

意识清晰时，我在山底下的大空洞里踉跄，跌倚在一块平板石上，眯着眼睛大哭痛哭不已。

“你疯了吗？”

桑志华竟也跟我在山洞里了。他在为我擦眼泪，还搂了我的肩头，一种自然的爱抚举动让我的心安静下来。应该是我倚着拱形的山洞壁睡了。累、乏、烦、惧各种情绪使我不愿见到人，任何人，样子像人的都不想见。等我从梦里醒来睁开眼时，离我不远的地方有篝火。

心里依然盛着冤屈感，可是没哭。后来，桑志华把烤好的山兔肉给我吃，我的肚子咕咕叫几声，算是应答。我嚼兔肉时，桑志华还从侧衣袋里掏出小小酒瓶，嚼一口兔肉，便把酒瓶举高一下，他没请我喝酒，自己也是侧过脸没让我看他痛饮的状态。很讲究，有些高雅的情状让我很喜欢。

不知什么时候，外面的光束也不知从什么地方投射进来。应该是日光。我很想站起来约他往前走，他没有站起来的意思，只顾自己在地上画着。

桑志华离开现场时，我去看那勾勾画画的图。教堂？画坊？礼堂？好多层。

桑志华说，他甚至想在那座褐红色的山上再建一座博物馆。我没言语，此刻我们的想法、方向不同，我有我的想头我的奔头。他已经围绕着那个鼓凸后脑敲嵌雕琢的顶天巨石开始大规模的设计了。我希望他能这样，他几次三番说起朗香堂，提到柯布西耶。我的脑子像盛开的花园，颜色太多了，我无法叫出一种一朵花的名字，我的眼前，是被夷为平地的山顶——比朗香堂更开放更气派的窗口直通山洞底下通天通地的教堂，走进殿堂的人心灵顿时绽出花朵，画廊以各种立体方式将殿堂点缀，顶天巨石刻下的文字让人望一眼就铭刻不忘，而且还同时以声像并茂的方式为人展开智慧的屏幕，为观赏阅读者填补相应的美学修养，能在创作者和欣赏者之间通融参悟，创作者的悟力被欣赏者带去变成创造力，使吃穿用度交际乃至建设管理无一不艺术，文学艺术的实际价值，人类艺美状态……

已经忘记，是在山体上，还是在山洞底下，我在不停地说，不停地比画，手舞足蹈，不过分，我说得感动了自己，是笑着说的，可是说到最后我哭了。我说，桑志华，我的艺术悟力不够，我说不明白，我说不清楚，我只想说，让艺术把艺术还给生活，让生活像艺术本身那样像生活应该有的那种状态，艺术就是艺术了，生活就是生活了。艺术不用戴上“老爷”的桂冠，艺术是很美很自然的状态……

“只可惜，我说不明白……”

“我明白了，我明白了！”

桑志华挓挲着手嚷着跑在我前面。

十二

桑志华使用绅士礼仪向我致意：

“可以跟我同行吗？”

……

“去哪里？”

“去了才知道——比邮票大的世界。”

我跟在他的后面，听他自言自语一般说着几句话，我没用心去听，听不懂，也不是，我知道不是我要听的，他在奔他的世界，我在奔我的世界，他的言语在石头的罅隙里虽干却绿着，我在奔我的世界，清晰明确而目标不准确，我和他在哪个坐标点上落下红点，不知道。对于我，只要不过分浪费光阴就好。

“你们的文学里有一种树碑的传统？”

我听见了，像没听见一样。什么你们我们，你们我们都一样，艺术是大众的，这笔财富供全人类所有。他的话引不起我任何兴趣，也不反感，那就不浪费能量。

“文学也不能泄愤，对不？”

我不想和什么人探讨文学。据了解，桑志华是博物学家，是考古学家，当然也可以涉猎文学。不过，考古学家身上倒是掩藏着不尽的真意。我便默默地与他同行，他系在脖颈上的领花我倒喜欢，还有像是对着你说话但默默地望着前方的沉思而舒松的雅状与同行的情态倒和谐。就这样，一起走，默默地，自然地，他知道他，我知道我，似乎也抿出彼此的心结，挺好。我走神了一会儿，我想把来到唇边的一句话告诉他，“通晓世事，洞察人生”，这与《红楼梦》有关。不说的好，别把自己通晓而别人可能不深知的话题抖出来塞过去，不是浅薄的浅薄，不是炫耀的炫耀。干扰了别人的思维还可能破坏和谐。

“寻一条更好的路？对的，河有第三条岸。”

我的心像花绽放时的悸动，哪个沉睡的部位被激活。但我无意也有意地抑制了。教训告诉我，纯真是美的，但掉坑往上爬费力气，伤器官。跟在他后面走时，《红楼梦》大观园里的薛宝钗修正林黛玉的情景十分清晰地蹦出来。那个洁净纯美用才华掩埋自己的人与薛宝钗像两座对峙的山峰，从未，从不，绝不在薛宝钗面前输之半分，就因在对诗说了“良辰美景奈何天”一句出自女子禁读的《牡丹亭》一书而被薛宝钗逮住把柄私设公堂，黛玉自知逾越礼规若被喧嚷出去丢了雅贵，还误以为宝钗宽厚仁爱而心结姊妹之情感恩不已……纯真的黛玉掉在坑里至死不知，空怀了一份似感恩的伤情……

我是中国人，把这一套逻辑说于更重视死人的桑志华，徒增唾沫还可能徒增烦恼。认知途径不同，心和心隔着距离，天真等于无知，胆敢真诚会制造误会。

罢，罢，罢……

平白又生出一种自以为得计之心，我笑出了声，紧走几步跟上他。他见我笑，感到愉悦，他的心里怎么想，不知道，推理的话，一定以为自己很好，他有能力挥走了我的不快。也许他啥都没想，勿多想。怎么想跟我无关就是了。都是为自己想，为自己做，让任何一个空间自由着自在着。

好像是过了好多时日，我睡在一个山洞里，像是鸟们曾住在这里，我铺在沸沸扬扬的羽毛里……

“当、当、当……”

我听到钟声。

我被桑志华牵到一座山的山顶上。我说我听到了钟声，他说他没有听到。他告诉我这座山不是那座山，那个凿敲雕的鼓凸后脑在另一座山上。他说他们发掘了一座积石冢，在我睡在鸟窝，不，睡在山洞的日子里他有了重大发现。

我站在积石冢的一座大墓的边上，一具尸体安详地躺在那儿，两个耳畔扣戴着半月形的玉石，两臂前后有很多玉器，胸前压了一块造型很美的玉器。我想问桑志华，陪葬这些玉器可有什么意义。没问，他离他们相隔几千年，他靠着一些他自己也无法完全考据的故纸堆也不一定推理准确的答案给我，我若不信，如何问他又如何回他，何况我又一无所知，也一无可信。此刻的他，也许正在疑惑，我为什么不问点什么。离开大墓的时候，他还是说了好多话，我都听到了声音，如同没听见一样。

我走到他右手边去了，我走了很远。这时候，我听一个人说，大墓里的死者是部落宗教首领，他想凭玉器跟先祖沟通……

这话是柯布西耶说的？我说的？桑志华说的？推理都难。

其实，我是想告诉桑志华，如何把柯布西耶请到山上来，建一座教堂，建一座宫殿，建一片人类都能看见的文化殿堂……

十三

其实，我总以为我能有超自然的能力，让人无病无灾，永远安详。我总以为什么神灵会向我演示天地间该有的仙丹。我不是不相信科学，现在，每个下雨飘雪的日子，我都希望我仰起头，去吞食雨滴或雪粒，自然，就涤荡清所有的对人有伤害的病毒。

我想碰到一个人，与他乾坤同行聊一聊，也许真会得法。当然，我知道，桑志华不是对手，他对墓穴、死人骨头，对各种物的标本感兴趣。那天，面对大墓，我真想把压在那位巫师胸前的花状玉器抢过来，戴在我的脖子上，跟先民之先民，跟先祖之先祖接通信息，如何获得一种超自然又原始的力和场，祥和怡怡地存在着繁衍着……

我哑然失笑。我好像听到了“做核酸检测”的呼唤，我不可能听到这种呼唤。有时候，我产生幻听幻觉……

我没有生出精神方面的疾患，应该说没有哪方面的信息存储会希望我生病。

天全阴了，我倚着三堆黄土大哭不止，这三堆黄土怎么会压在我的胸口上，我不想要那金手杖，柯布西耶也不住那个方向，女神庙更不在那个地方。但我只觉得胸口发闷，这会儿，我怕遇见人，我怕有人把我从梦中推醒，尤其不愿意听到桑志华说话，我绝不去帮他做文案，什么“2号墓”“3号墓”的……

无法再顾及我此时的所在，就是心里迷，想困，想哭，想号啕大哭。不知是哭着跌入梦境的，还是在梦里大哭。

我应该是离开了那片墓地，也没听见“当、当、当”的敲击声，可是，我也没梦见渴望的柯布西耶。不知过了多久多久，我确实沉沉睡去。依稀夺过了鼓凸的后脑手里的锤子凿子，挥舞起各种工具，亲手往巨石上雕琢，一边吟诵一边雕琢：

四川广汉，
突兀的三座黄土堆，
人类一部文明史，

在时间深处相继消失进程中被辨识出的一朵被遗忘的玫瑰。

人类自古就有朝圣的虔诚，

也许，

那里是朝圣的中心，

也许，

人们一有生命，手里就有了一张神给的唐卡。

那高鼻深目的青铜器物，

那代表早期外汇的长到一米八的象牙，还有那符号别致的金手杖……

我们无法一一叫出那些有来历的花的名字，

只能，只能说那是人类文明史。

我们每一个人也有一部纹路清晰的心灵文明史，

你自己，别人，你认识的不认识的，或者你无从想到无从说起的，昨天或明天，醒时或梦中，有意或无意帮你写就了的一部心灵文明史。

比如浸雪的茵茵草，

比如茫茫的一夜雪沃，

比如黑色的星黑色的天空下的和羞冢，

比如那清晨第一缕阳光下的绿色的松塔……

你被自己关在没有门也没有窗的屋子里抄写佛经，

刺破中指蘸着自己的血写下每段每行佛经的头一个字……

你在隧道里对着化石蝉凝眸，

你的泪水烧焦了美丽的面庞，

你被风的预言摘下了一块心肌，

冥币飞扬中的哭声，

你像个努力站立的幼子，

总怪自己的蹒跚，

你总盼着明天会好……

心灵山上也有三堆黄土，

会不会变成模糊的花园长满玫瑰，黄的，绿的，也有一朵黑的玫瑰不被遗忘，

没有标志没有符号，

几百年，几千年，上万年，

有人来挖掘，

有人来朝圣，

有人高高地举起那柄举世闻名的金手杖，

把一部心灵的文物史贴上“三星堆”？

“当、当、当”声音震耳欲聋，我站在了山顶上。我的感觉——站在了那座褐红色山的山顶上。那个鼓凸的后脑就在我眼前，我本能地闭起眼睛，我不想看到那个脑袋和那个脑袋下面的人。但是我看到了他凿琢在巨石上的字——“心灵山上也有三堆黄土”“模糊的花园长满玫瑰……”我的梦我梦里的笔画被他刻在了巨石上。这些文字不再跟谁有关系，艺术是个体的更是大众的财富，当某人把它变成有形的东西时，创造者已从那有形的东西里离开消失了。但我在疑惑，三星堆文化如何飘到褐红色的山上在这巨石上留下了痕迹。

我害怕与那鼓凸的脑袋碰面，可又想多看一眼石头上的文字。还好，那鼓凸脑袋正在刻“三星堆”三个字给那首诗收尾，趁他没转过脸，我急促收回视线，迅速下山。

“为何如此冷酷？”

不，我并不冷酷，我不想听到任何人说出爱我的爱字，这个字一经说出已经不值钱，说出这个字成本太低了。甚至，只要说出这个字就已经开始背叛开始亵渎这个字所包含的伟大内涵了。

这不是语词，不是声音，不是以任何方式的许诺……这个语词存在，存在几万万年，任何人没有经过检验轻易说出来，有杀伤力，真正发出这个声音的同时就意味着对自己生命的某种消耗、消费乃至捐献，只有母亲可以双唇闭合轻易说出这个词。

我跑下山，蹲在一堆乱石里哭起来。也许，我蹲的地方就是一座积石冢，说不定冢里埋着某种神圣。想到这，我便跪下去，磕头，礼拜，然后放声大哭。祭祀，祭奠还是一种神经质的发泄？

很难说得清楚，只是觉得一种迷乱，大哭一场避免痰迷心窍失去呼吸，大哭一场，使自己躲开没有尽头的昏睡。

此刻，只觉脚下积石腾空飞舞，从四面八方向我卷盘过来。

“桑志华——”

我看见桑志华躺在大大的积石冢下，手里举着一块马蹄形的玉器……

十四

考古队进入成片的积石冢，连挖了五座，均为失望，陪葬品均被盗墓贼盗走。他们最后在一座山上找到最大的一座大墓。初见，惊诧不已，墓已开，一个很像桑志华的人跪在冢边，手伸向墓底，正在往外托抱一个睡着的活人。

桑志华拍打梦中人的左肩臂，呢喃地呼唤：

“醒醒，快醒醒啊……”

听桑志华说这人已睡在墓坑里十天了。

魔幻之事在继续，考古队员继续为发掘事前行。桑志华把梦中女人平放在地上，自己也筋疲力尽一般躺在她的身边，就在他要睡没睡、迷迷糊糊中听梦中人在梦中和人说话：

“再走十年，能见到？”

“那我还得同时反身也走十年，我们才能遇见。”

“我的决心很大，我也想改变，可是没办法，我固执地认为，这座山很奇妙，只要……”

桑志华被他们梦里的话打动，但他不知道什么力量能使人消灾解难，即使比法国那座“朗香教堂”还神气，把庙千根大柱直接到十八层三十六层乃至无限深长的地穴，那怎样的气怎样的物质又如何转化不同程度不同质量的量子流……如果确能让地上的人类地上的生物安然无恙，少受苦痛……

桑志华不再呼唤梦中的人醒来，他几乎忘记天津那座博物馆里面有关标本收藏的事，连考古研究诸方面情形也淡然，他以为关于建筑工程方面的学问也许能自悟。他脚下这片土地埋着的是拥有鬼斧神工一般大本事的先民，唤醒，唤醒……也许比博物比考古更有意义。

他朝山峰顶部望去，突然觉得那“当、当、当”的声音更清晰更神秘，若是让这座山屏障衔屏障，石壁接石壁，画呀，写呀，每块山石砾土都充满了神奇，人活在活的艺术中……

冥想让桑志华脑袋疼痛，身体下面的土地在旋转飘动，他忘记了大墓边上做梦的人，被什么人揪着耳朵来到红、黄、绿、蓝流着各种彩色水的山坡上，周围山上的树木在自然舞动，只要他心动并发出相应的律动，他就凭空飞起来，可以到树尖上去。

他赶紧眯上眼睛，尽力不去想什么大墓和墓中的玉器，也不想那位在梦中和柯布西耶神交设想开通山峦的做梦人。他不想再走火入魔，他要夺回他的跟科学充满物质性的事情和工作。

有很长一段时间他站在一座庙前，看着那棵树身矮树冠圆圆又有秩序地向外伸展的树出神，无论如何搞不明白，这树的叶子白天是绿色，天光转暗，这叶子就会变黄，而且闪耀着黄灿灿的光芒，像千万盏灯在闪烁，天地间一片光明……

桑志华重又呼喊做梦的人的时候，他被吓着了。他的眼前不再闪烁满树的灯光，也没有满山坡存流的彩色的水。他依然在那座褐红色山峦的南面的大墓边缘，只是大墓已闭合，那做梦的人不见了。被埋在墓里？

十五

大墓自动闭合？还是什么人将大墓填埋？

桑志华苦苦地思考着。

那个做梦的人去了何处？她是否活着存在？

无人可问。有声响的只有类如钟声的凿琢之声：

“当、当、当……”

桑志华往山上爬快爬上山顶时见我站在鼓凸后脑身侧，聚精会神地看并出声读着巨石上的字：

> 如果你生出了这种爱，
>
> 大概就是选择了一种类乎死亡的决绝。

“啊，你怎么在这？”

鬼哭狼嚎一般的喊叫吓坏了我，我往山下奔，他跟在我后面，我问他发生了什么事，听他说了前后一串事端，我吃惊得不知所措。大墓，大墓里躺着的人，我，什么和什么，我听不懂他问的话，他也不明白我会这样地站在他面前。

他突然问我，那个凿字的人真的是你的爱人吗？

我愤怒的表情吓坏了他。

我们不再说着彼此不明白的话。他还是忍不住说这些天你去哪儿了，我才笑出声，我说我去了一个叫兴隆沟的地方，见了中华祖神，他只有五十五厘米高，可他的眼神炯炯，确实有智慧，他向我传授了可宝贵的东西，他告诉我必须郑重其事地见见凿巨石琢字的鼓凸后脑，他是我的爱人，又聋又哑，前知八千载后知上万年。他认识你，了解你，只要你登上山峰，绕石三周，大声读出石上一句话，你所写经典文字必在他凿琢范围之内。你千万不可无视无言，如果你漠视眼前的一切，百年之后巨石坍塌，这里就会变成文字的沙漠。

“神奇！”

桑志华表情怪异，不知该说些啥问些啥。他重又往山顶上望那巨石，望那鼓凸的后脑，重又听那“当、当、当”的声音。

我告诉他，那巨石上雕着汉、蒙古、朝鲜好多民族的文学，应该还有犹太人意第绪语，是否也有法文，我说不清，你要不要上去看一看？

他的头摇得拨浪鼓一般，往山下走的速度越来越快，像逃避瘟神一般。

“如果博物馆能建成，我请你做副馆长？”

我以为我见鬼了，敢给我封官？

“五千年以后？”

我笑着将手中的一块小小的玉石举起来，说，送你，算提前贿赂你。

他见我笑得鼻涕一把眼泪一把地坐在地上，握压着右肋不敢喘大气，因为呼吸幅度大疼痛难忍。我不想解释也无法解释视权势富贵如粪土是一种高贵，他倒也不知道能胜任某种位置是一种责任是一种光荣。如果再给他表演一下京剧，挥水袖遮颜面低眉侧脸为悲泣之状，那他更加不解。我本想问一问他来这块土地有多久，没问，问也没用，谁能把文化的根脉基因弄明白。别生出妄想，只有在都不知道又都想知道看上去很简单的事情的发现发掘过程中同时变成学龄前儿童才有快乐。

这么想时便忍不住又笑起来，笑得厉害，疼痛难忍，便爹一声妈一声地叫起来。

“哎哟，妈哟——”

后来，桑志华把我抱在他怀里，从包里掏出酒瓶，也不知强行给我灌了多少酒，应该是，我醉了，我睡了，我不再大笑大喊大叫了。

好像，我又做了梦，梦中有一个有裂纹痕的女相身的小陶像拖了我便跑，把我拖到一座庙里，让我跪在神龛一样的雕物下。

我不敢抬头，听她责骂：

“你喝了迷魂药了，你为何绊住脚步，迟迟不赶路，再晚就来不及了……”

什么绊住脚步，什么来不及了！我是自由人，我早就扔掉了该死的使命感，我不再属于什么机构，我不再认识秩序和组织机构，你凭什么训诫我？

“讨厌，讨厌！”

我嘶吼着挣扎着。睁眼时不见桑志华也没有什么怀抱，我在臭泥水塘里打滚，泥水塘的味道恶臭。我呕吐的声音足以赶得上那“当、当、当”的雕凿之声。

十六

我不再流连。

我是选择那座山的山底下作为向前的通道的。进入山底下的洞之后，迂回不前，没想到会哭，但是我哭了，泪流不止，可是我感到了幸福。因为我有了享受自然哭泣无痛无苦又无法控制的哭泣的自由，很美的一种感觉，我没有制止自己的哭泣，几乎没有任何的不适，连孤独的感觉都没有。

其实，我很想约桑志华跟我同行，也许他会同意。但我知道他有自己明确的目标，他有考古的研究方向，他还想建造自己的博物馆。一个人若是搁浅或牺牲自己的目标陪同你前行，心有不甘，心不宁静，不专心的状态不会为同伴带来推动力创造力，快乐更无从说起。而我又不会因为他舍己行为表示出由衷的谢意，我那热情会生出冷漠，如何滋生感激带来的欢快呢？如果衍生无端的痛便给腿给心带来负荷。不必害人，也没有害己的理由。

那天，我离开时，没有和他打招呼，但他应该知道我会出发的。我的这种说法，用经验式的词语应该叫爱，对，爱意，爱念。离开了，也许今后可能见不了，痛惜之情，这哭泣，含了这种成分，但不是唯一。有爱怜，怜他人，也怜自己，有爱恋，恋人，恋地，恋着那仅有的时空。我睡在大墓里的十几天的守候，他人真不错，修养，教养，这些词好像都不准，让人舒服，让人心生喜欢……

不知不觉地离开了桑志华，一个人上路，某种事实成了事实，某种方向成了方向。明天不是今天，记得有个很牛的人，在我这次上路之前，他就跟我说了很多的话，开始觉得费解，虽然听着有道理，我一直以为他患了精神上的疾患，让人紧张，让人存有压力。后来，他开始写日记，不记今天的事，他写的是明天的日记。其实，一点不荒谬，他是真实的。就是他，这个刽子手，逼着我放下了屠刀，不再写小说，不是忍心不写了，而是不敢写了，昨天的已然成为过去，成为经历的过去，确实没有写作的必要，写在纸上印在纸上别人花了钱买了花了时间读了有什么所得，你敢确保你给人提供什么价值了？如果没提供，你将以什么方式提供损失……

想来，我的运数怎么这样差呀，碰上了这样一个人，说了那么久长时间的混账话，让我终日迷茫而后毅然决然地放下屠刀——不再写小说……去找有意义的事做！

有意义的事在哪儿？现在的我走在路上。走到哪儿，怎么知道，明天会怎么样，不知道。那个说混账话的人在写明天的日记，我在走着每一个明天的路。不过，一个人走倒是显得有些空落，不过，抛开桑志华是十分理智的决定。

我在一块石砬子上坐了休息，想着该不该联系一个还能联系上的人，目前，我并没走出更远，完全可以联系上。

这个人我没见过，但了解。觉得他是个浑蛋，是个魔王，可脑子好，好像容易想出正确的事正确的答案，十分怪异，好像缺少人的正常感情，又绝对钟情甚至多情。个子么，咋也会一米七四以上，应该会说话，不太发声，会写，写出的词句怪异新鲜灵动，细读，各字句还在一个系统。他的文辞句章似乎不是跟什么人提供的老师学的，但他肯定不是在动物群长大的。个性化使他有人喜欢的价值……

怎么会想到他，如果我约他同往，他会不会同意？他若是同意，我会不会后悔？

咋那么喜欢怪诞的！写明天日记的家伙会不会来？不会。他喜欢活着。这样地无端行走，随时改变明天的路线，太不安生。

十七

说什么也没想到，我能走路时进入梦乡，而且梦见了一个人，我很兴奋。

他向我迎面走来，他是我的亲人，是我妹妹的丈夫，在我的记忆中，他死于癌症，五年前去世了。可迎面走来的是活生生的他，是生活中的他。

“你看，这条鲇鱼，姐姐，够不够大？”

足有二十斤重的一条鲇鱼，太大了，用白茄子炖着吃，好吃！

这话我没说出来，只是在心里想，他不是死了吗？

等我抬起头时，妹夫已经转过身去，我怕他走远，怕他不见，便大声喊他的名字，我有话要跟他说，也有话要问他。他住在医院时，有一句话，我始终没敢说出口，怕对他构成打击。他走后，我一直很后悔，认为自己很虚伪，没勇气，他走后，留下的那些苦痛更让我后悔，如果我能将我的话说出来，或许，他的病会好。他是一个浑身充满热情充满正能量的人。他完全不应该瞬间倒下。有时候，人们不是因为疾病病死的，而是被某种固定的意识逼向绝路的。有一人说，癌症也是一种慢性病，不是一定要人命的病。

那个人说得对，疾病是可以在人体内独立存在的，要人命的不是疾病，疾病不要人的命。人和疾病不要对抗。那么昂贵的医疗费那么贵重的药品那么虔诚的臣服于权威的意识——化疗，在极短的时间让那么健壮的人倒在地上。以至于他在离开世界的前一天都没想到过死，甚至连一句最想说的话都没来得及说。

“哦呀呀呀哦，哦呀呀呀哦……”

他闭上眼睛前一直在哼唱着这句歌词，从没有间断过任何一个音符。确定，我听出了遗憾，听出了不甘。我很后悔我没有把该说的话说出来，我应该说出来，生命应该有一个独立的意识，对具有独立意识的疾病应该有完备的了解，去思考，去了解，去洽谈，去和解，不要一味重型炮弹攻击——化疗，化疗烧焦脏腑。如果有能力不把躯体不把生命交给别人交给医生，那才是科学的。如果我们做教育的能把生死当作第一命题去做，教育才有意义。

我快走，几乎跑起来，想追上他做一场交流，也许，有什么契机，他可能复活，随我走回去，走回他的家庭，让他的家庭充满昨日的笑声，那我情愿中止我的行程。我的速度越来越快，他更快，他跑了起来，我也跑起来，他跑向祭坛，混进用兽皮遮体的一些野人起舞的人群，挥舞上臂的人群将他团团围住，祭坛四周的篝火舔着坛上一只猫的尾巴……

我追上去，向篝火扑上去，可我却被灰蓝色的烟火气扑回来，我无法靠近烟火，无法靠近祭坛，无法靠近群魔乱舞的群体，努力地辨认着混迹人群的妹夫……

我像是从不是梦的梦中睁开眼睛，我的双手抱着一条二十多斤重的鲇鱼，我的腿胳膊都是烂泥，而且散着臭味。不远处，像是有一片大大的泥塘……

燃起篝火烤鲇鱼。

回转身痴痴地望着远方。没有祭坛，没有群魔乱舞，抱着鲇鱼缓缓走来的妹夫很逼真，我试图叫他走到篝火旁，想与他继续一番很好的谈话。我感觉很清晰，他向前走了几步停在原地不动了，脸上的表情像是很凝重。

“跟我回去吧！我们这就走！”我在心里说。

“回不去了，姐姐！我想回去，很想家！”我听见他在心里说。

我不想放过这次机会，我屏住呼吸站起来，我想牵他的手，拉他回家。

我刚站起便趔趄了一下，一个屁股蹲儿坐在篝火旁，眼前只有一条鲇鱼，并没有死去的妹夫。

十八

“姐姐，我不回去了！你别多用心思了。你的心里一直装着我们，今天能见上一面，已经很好了。”

我在那片池塘边和妹夫见了，坐下来聊了一段时间，他说，姐姐为这一家操的心我知道，大家都知道。今天，我是特意赶来和你见面，为的是让你放下一切杂念去赶赴路程。也许你会为人讨得幸福的说法，我只是觉得我见见你，把该说的话说了，也许让你走路更轻松些。

我张了几次嘴，没舍得打断他，总觉得他来见我的时间也是有限的，一定珍惜，听他慢慢说，听他说完。

他伸手递给我一个灰色的包包，他说，里面装的是特殊环境用的特殊手机和特殊充电器，如果不用火烧，长久有效，你带上，有实在克服不了的困难可以跟我通电话，但有限制，用十次，电池自动报废了。

我掉眼泪了。我接过灰色包包时笑了笑，举着现用的手机给他看，告诉他，这手机还是他送的。

“说来，我用的手机都是你送的……如果你不走多好。”

他平静地抬起头，接着说他该说的话。

“姐姐，心里也不再执着，也许我早走了也不都是坏事，从某种意义上说，也是一种幸运。”

我不明白，又像有一点明白。我知道这个妹夫是有智慧的。

他说，姐姐知道，我做过好事，也做过不好的事，为了家，为了她们娘俩，我啥事也做过，为了让她们更富足，我也越过雷池……这一死，也就一笔勾销了……只是，抛下她们，我也不放心！

他哭了，哭出了声。

他说，姐姐，做个人，活着死了都不容易，怎么努力，怎么躲避，也没办法。姐姐，你的路程我不懂，但我信任你。要一身轻往前走，你会发现更幸福的路。

我上下打量了一下他，他还是浑身上下一派整齐，他站起来要和我告别时，显得比活着时还帅气。他又把一支小拇指粗的笔和一个巴掌大的本本递给我，他说，方便时，可以往这上面写字，你一写，我就能收到，等我回那边时，带过去。

“回那边？”

我惊叫起来。

他说，他正在努力升职升级，够了一定的级别，他可以生还，他变成一条特种狗，去他的家给妻子做伴相守……

他哭了又笑，然后跪下来给我磕了三个头，随着一阵风飘走了。

我痴痴地望着他去的地方，心脏被什么铁器钩痛了。

只听“吱吱”的叫声，回转头，篝火上的鲇鱼烧焦了，变成白灰状。我没去用手抓，端详着，那白灰的形状不像鲇鱼，倒像一条小狗。

也许这条小狗已经往妹妹家奔去了。

十九

向史前出发的脚步瞬间停滞。

往回走，告诉妹妹说妹夫要回来了，千万别放过得到一条小狗的机会。

我望着篝火燃烧的地方，望一望那片大大的泥塘，没有什么可以给我答案。改换一种方式，改换多种方式，寻找到快乐了吗？什么，怎样才算幸福？

谁也没给谁使命。

下意识、潜意识的作用，我忘掉了关于妹夫、关于一条小狗的幻听幻想。只能继续往前走。枯草与鞋底擦碰的声音，越来越清晰。我停下来，那声音也断了。走着走着，就听得后面有人跟随，感觉跟随者不是成年人，可是，我不敢停下来，也不敢回头看，似乎感觉到危险的状态越来越明显，觉得脊梁骨头发紧，发僵发木，连膝盖都觉得又硬又直，随时有摔倒的危险。

心脏的位置往上提，我乜斜一眼右前方，如果有什么可扶的地方，扶一扶，喘匀这口气再走路。就在这时，突然觉得明晃晃的金属器具在我眼前上下左右交叉晃来。

“跟我来！”

浑身热血上涌，眼前昏黄变漆黑，像着了魔一样跟着一个半大小子往左边走。

像是爬山，上去，下来；下来，上去，见山顶上一堆乱石，大大小小的石头。哦，积石冢，我不是干考古工作的，虽然以前我跟桑志华在一起过。我想说点啥，解释一番，可嘴张不开，发不出声。后来，我眼前模糊一片，就觉得黑乎乎很多人将我围起来，那个半大小子一样的人用什么布帛蒙了我的眼睛，拉着我走上一个高处，应该是叫祭台的地方。我开始听那一直跟在我后面的半大小子跟我说着审不像审逼不像逼的话，那说话的语气，和用语的逻辑习惯让我感到熟悉，而且声音和遣词造句的美感都让我喜欢。

他说，你的大脑波纹与众不同，我们动用了两个专题研究课题组，动用不少仪器，在你昏睡时，在你梦境中，对你的大脑波纹进行过多侧面的研究，想知道你的记忆规律，想知道你现在的大脑波纹里还剩下多少记忆，都记住了什么？我想说，我可以告诉你们，现在，我记住的是一条二十多斤重的鲇鱼，还有一条狗，还有要返回家园的我的妹夫……

我说不出话，再说，也没有人正式发问需要等待我回答。我有点支撑不住，就要倒下，真的倒下就好了，我真想睡一觉，最好是跌入梦境，还是一睡十几天。我明白了，他们想挖掘这个积石冢，他们是盗墓贼？挖开大墓，盗走陪葬品，取走各种玉器，把我埋进大墓，重新筑起一个和从前一样的积石冢……

凄冷伴以恐惧升格到麻木的时候，脑子空白。突然，听到那个半大小伙子说：

“太想知道你大脑波纹深处都是什么了。”

还没等我张嘴，就听他又说道：

“我们想解剖你！”

刀的寒光，刀刃碰白骨的声音是惊恐至极的幻象幻觉幻听……

“给钱，同意！”

“多少？”

“一千万！”

就在他们书写合同书时，我说，我得让我的受益人到场。

“受益人——”

很明显，我感觉到他们为难，没法通知。我掏出妹夫给的手机，顿时寒光闪烁，就听他们嘀咕说这人位置不低，而且还在升职……

就在他们嘀咕的时候，我拨通了手机，与此同时，手机被抢走，那半大小伙子和我同时倒地，只觉得我自己睡在乱石中，进入梦乡。

二十

那天，我爬上了黄山。

不，几年前，我随人去千岛湖，归途中趸进黄山。

眨眼的工夫，

我飘飞上岩石缝隙，

请相信我，

我不是想跟那棵岩棕争宠，

虽然，我也想接受太阳授勋。

因为，我也不是一粒浮尘，

虽然我也不止一次地拥有了做浮尘的资格，

甚至，绝对有了做浮尘的想法。

趴在岩石的罅隙里，

说笃笃寻求吗？

说彰显说炫耀吗？

说有自虐瘾吗？

给自己下定义很难。

我只是希望看见那几乎变成干末的灰绿色的苔藓，

它是怀了怎样的一个念头收留那颗岩棕的籽粒，

如何确信它有能长成参天大树的基因？

不必有一丝的脱离灵魂的真实，

那颗岩棕的籽粒哦，

谁，什么，赐给了它比顽强要可怕的勇气，

不怕烧灼脚爪，

笃笃寻求，

赢得了我无言的感动，

在这逼仄的岩缝里体会太阳为它授勋的悲壮和宏阔。

在我的前面，有一个人在唱。他唱的歌词是我在梦里随口吟的不完备的诗。他偷了我的梦。他要到哪里去？跟他同行的那黑压压的一群人不见了。他朝着我前行的方向走，我，需要改变方向吗？

改变了方向就改变了去处。

我在他后面走。

他用的是蒙古长调的曲子套在诗上，唱得悲怆。

太阳光下看清了他的后背，不算窄的肩背，步态身形有足够的倔强。

突然，见他掏出一个方形的东西朝长着树木的方向跑去。好奇，我侧转一下方向躲过他的视线向他靠近，最后，我在离他有一段距离的几棵毛毛树的后面躲起来，开始放电影：他左右前后顾盼，几乎趴在地上看，看什么，看地上的痕迹。一会儿，直起腰，把那个方形的东西放在地上，他便径直往前面树木密集的地方走去。慢慢地，没了他的影子。我试着穿行树隙朝目标靠近，香味，肉香，越来越浓烈。就在我不断靠近那方形目标时，一只狐狸，火红的狐狸像朵火苗般蹿出来……

十尺远，五尺远，三尺远……根本无法测定。

突然，随着“嘭”的一声炸响，火狐狸的嘴滴着血，身子粉碎成火星喷着血，升腾了一会儿，旋飘了一会儿，不知如何落在地上。

不错，

是一只火狐狸，

一只误吞炸药的火狐狸被炸得血肉模糊。

当然，我想知道接下来会发生什么，我想知道那位猎手如何收拾惨烈的篇章。

“他这绝对不是头一回。”

“他蓄谋已久，他在制造各种惨案。”

……

到底还想了什么，我连想也不再想，那个制造惨案的猎手，是一场梦幻的残留物。

我从长树的荒凉地走出，去找我的归途。

当我确定自己确实离开了方形炸药的时候，我已是汗涔涔泪潸潸了。

那狐狸好惨，它替我死去了……

他是要猎狐狸，还是想要我的命？为什么，有仇？有冤？

下意识地加快脚步，逃离，逃开。再放慢脚步时，眼泪涌出，接着放声大哭。

确信，离开了一场灾难。

为什么要侧转身，还要回过头去？不是为狐狸，是想知道那个猎手？神秘、有趣的家伙。

不知他为何物，他要干啥去？

无缘无故，为一个要害我的怪物分神，岂有此理，岂有此理！

我的心开始散乱，脚步缓慢，甚至要忘却前行的目标和脚下的路。

莫名其妙的动机，莫名其妙的猎奇，莫名其妙的存在……

直觉告诉我不可任性，要勇敢地放弃心中涌出的没根没叶的念头。

后来，我突然问自己，那浓浓的香味是什么味？吸引了我，也吸引了狐狸？

我的脚步慢到几乎停下来的程度。我读懂了我的真实意思，我想等他，我想等到他，我想让他和我同行。

“同行？”

这个声音好像是从手机里发出来的——警示，警醒。

“不怕炸死吗？”

这是我自己的声音。他把我炸死，像炸死狐狸那样。

嘿嘿！

笑从牙缝里钻出来。

奇怪的事奇怪的物象奇怪的感觉真是拗不过。

新鲜感、原始感、神秘感……我从没想到会直面这些感觉。也许，厄运出现时所产生的幻觉。

“桑志华——”

我大声地喊出这个科学家的名字，希望他立刻出现。可是什么也没出现。我知道，我间隔性的幻想幻听的感觉又出现了。

“在这逼仄的罅隙里，笃笃地寻求，寻求，感受太阳为我授勋的悲壮和宏阔——”

歌声，蒙古长调，从那片林子里，从那紫褐色的大山的山洞底下，从那死去的狐狸的飞升里，从四面八方飞过来，飞过来……

二十一

夜深了。

夜静极了。

下了决心，几经试探，我绕进那个火狐狸跑出来的林子里。

林子深处有一处吊脚茅草呈黑色的棚屋。

那个埋伏炸药炸死狐狸的猎手，确定，不在林子里。

我爬上棚屋，棚中有大半块毛没完全磨光的兽皮，铺设在乱糟糟的半碎半整的落叶上。确实疲乏，顾不了更多，倒在兽皮上想睡。那刚刚露脸的月亮也没引起我什么兴趣。

很快睡去，很快做起梦来。好多人物，见过的没见过的，一股脑儿涌进梦中。第一个进来的是梭罗，他邀我去瓦尔登湖，他说，既然你在这住棚屋，我那的茅草房也没问题，他还说，如果嫌空间小，他可以再盖一间大些的。用不了多少钱，他到城里再代几节课，换点课时费，或者再多打几天猎，用兽皮交换几样盖屋的木料……

他说，我写散文，你写诗。写一本关于瓦尔登湖的诗。

他说得我心动。可是，我知道，我不可能答应。到达史前六千年以前之后，我还要找回关于朗香堂的影子，请回柯布西耶到这座紫褐色的山上造一座消灾避难的庙宇，然后去拜约翰·伯格为老师，写出一部像小说的小说……

这些话没说出来，可梭罗都听去了。他甩一下肩上的猎枪，笑了笑，说，多咱想去时该去时再联系我。

我和梭罗微笑着告别。明明，我看他走远了，可却又背着猎枪回来了。

“不是他！”

“是他？”

那个猎人！

那个炸死狐狸的猎人。

他不再使用裹了肉皮的炸药谋杀，他有了猎枪，开始猎杀……

我挑不起眼皮，继续做梦。不，猎人爬上茅草屋，也靠了茅屋的一边躺下，他鼾声大响，而且很快嚷梦话：

“我去，我去，我去找柯布西耶！”

他是来偷梦的！

不，他不是贼！

但是，他偷走了我的梦，他下了茅草棚屋，一路跑走，他捧着我的一堆梦，跑走了……

我被两只天鹅接走，不，我变成了一只天鹅，在空中飘荡。

“别跑，站住，还我，还我的梦……”

那猎人头也不回，放声唱起蒙古长调，刹那间，他的身后一片绿色的海域。我和另一只天鹅依然飞舞追逐，那贼，把他的一把猎枪向我们抛过来，猎枪变成一把大提琴，粘住我们的脚爪，我们踩着大提琴立在绿色的水里。这并非海水，而是长江里的小三峡。我们的脚爪弹动了一下，大提琴奏出了考拉田园曲，细听，是一首《离骚》。

抬起头时，那猎人，那贼已无影无踪。依稀记得追赶他时，他甩了一句话过来：

“放心吧，那柯布西耶一定给你找到，我认识他……”

没想到，这个偷梦人还能编谎造故事，他一个黄种人怎么可能认识柯布西耶，柯布西耶是法国人，是举世闻名的建筑师、艺术家。

这不是一般的猎人，不是普通意义的贼。他是一个偷梦的艺术家，难怪高更说艺术家天生才气。

应该说，忘记了这贼身份的粗鄙，也不再对他诱杀狐狸耿耿于怀，倒为他旅途的多舛而担心起来。

我想把他叫回来，记得妹夫告诉我，在十分危急时，这个手机有高空呼唤功能，多远都能听见，但有前提，那个人是好人，而且你能确定，他是爱你的。

好人，爱我，无一条可以确定！

心肠被那该死的贼蹂躏。由于走神，另一只天鹅脚爪弹动时我做了力度很大的反向挣扎，结果，我们掉进微波粼粼的绿色的水里，我的强劲挣扎，结果，我们的脚链按钮开了，我们成了一对自由的天鹅。

玩水，嬉戏，快活让我不再去想关于那逃走的贼。

二十二

没有错，没有对。

不！在我从前的记忆里，永远存在着，对，错！

这次，向史前出发的前一些更前一些时日，我亲手将一朋友发在文学群里的关于梵女的诗一遍一遍地前推，以至淹没于昨天的昨天成为没人注意的历史。因为那裸体的女像会遭人唾弃，尽管唾弃者恰是喜欢的人。这便是文化。文化，什么是文化？不用解词，以词解词解不了，真的解不了。

比如那位诱杀炸死火狐狸的猎人，也许本是想诱杀炸死我的一个狂徒，可又去梦里偷梦实现我的愿望实现我急切实现的愿望。看上去，他又是那样地爱我？能解释，怎么解释？他竟为自己进行着的行为写下一句话：命悬一线的凄美。我记不清了，不知是哪个网站上的一句诗，还是在什么地方见着的一张字条？对了，想起来了，就在那夜梦醒之后，我停下行程，到大河的河畔闲走，想把连日来梦不像梦、事不像事的情景捋顺一下，尤其把那位猎人连续闯进梦境的真不真假不假的景象开始困扰我的现象捋顺一下。我差不多当了真，我宁愿都当真。他说他去见柯布西耶，去朗香堂，回来建大教堂。我宁愿这是真的，这一切都会成真。这让我想起了一个故事。

有一个庙里的僧人，不念经不礼佛，终日对着庙宇的廊檐翘角出神，还常在地上用砂石木棍摆弄搭建各种模型。师父多次引发教导辅帮，可他积以成习孜孜不倦。后来被皇宫的人挟持到宫廷，为皇帝刚刚逝去的爱妃设计建造了举世无双的寝宫，把他设计建筑的美由构想变为了现实。寝宫建成后，皇帝命人砍去了他的右臂，避免他再为他人设计建造同样的建筑物。后来，他便在这座宏伟的寝宫对面的一座山的下面，挖了一个大洞，皇帝下令要杀死他的时候，他提了两个要求，一个是死前定要见见他的师父，一个是同意把他的骨灰埋在挖好的山洞里，以便让自己的灵魂永远守候那座建筑。死前，见到师父时，他把其中一个盛殓骨灰的陶瓮拎到师父面前，嘱师父把他的另一半骨灰带回庙里，他对师父说他的心愿已了。师父抚着他的头流下眼泪说，当初阻挡他下山莫做寝宫为何不听，他说"一切为了心中的美"。后来，师父对众僧宣告，他是真正的佛。

一切为了美！一切为了真正的美——是佛，也是艺术。心中无他！

一切为了美！

难道那个猎人也是一切为了美？

那个早晨，就在我想起那个一切为了美的佛的时候，回转身，看见一个石垒的小窝窝里有一只兔子，我被吸引了。我蹲下去看它时，它的三瓣嘴微微动了一下，鼻子上端有一个我从没见过的标志——略接近才发现那标志像倒写的中括号的黑色的幽默风趣的花纹，像个会出声的故事面对着我。我敢说，我从没见过这样一只不像兔子又绝对是兔子的兔子。神人点化我，教我认识艺术。我不需要认识艺术！

就在我端详着黑白杂毛是艺术而不是兔子的兔子时，思考着该不该带走它的时候，眩晕的毛病袭来，赶紧坐下来，手撑地，微闭双眼，而后是倚在兔子身边躺下来，不知是一种梦境，还是一种幻觉……

这时，一群耕牛铺天盖地朝我奔来，烟尘滚滚，我想避开，但我不能动，动不了，稍微抬一下头，见群牛的后右方有两个高大威猛的黑猩猩冲过来，气势汹汹，目标是一头带着一个小牛犊的黑色母牛，黑猩猩照着黑牛肚腹与后腿连接的腹部抓去，收回前臂前爪，再扑再抓，牛腹处被豁出了长长一条口子，黑色母牛的肝脏腹肠顺着长长的口子往外流，母牛倒地，一大半脏腑留在肚腹之内，母牛痛苦得嘴流白沫鼻流鲜血四蹄弹动挣扎……

不知从哪个方向，突然冲过来一头黄色牦牛，奔跑着来到黑母牛身边，好像准备好了似的，用它的角将其肚腹上的血口子豁大拉宽，让那肝脏腹肠全部流出，直至母牛痛苦地闭上眼睛……

母牛死了……

它的同类帮助弱势的同类结束了生命结束了痛苦……

牛哞哞的叫声唤醒了我，我从眩晕中有了意识，但我依然在梦中。混沌的念头告诉我，此时，我盼望猎人站在我身边，把我拉起来……

二十三

在沙滩上。

我突然想起教会我语法的一位老师来，他竟然在操场上用石子在地上画了一个句子前后改动添加就把苦了我很久很久的画句子成分的难事解决了。

“我在路上走。”

“我走在路上。”

“我在路上走了半日。”

“谁——我（主语）。”

“我做什么——走（初词谓语）。”

“在路上——介词结构（短语）。”

“介词结构——在谓语前（状语）。”

“介词结构——在谓语后（补语）。”

……

这老师把这个介词结构又调换了几种位置，把句型也增减变换了几回，最后说：

“在什么位置做什么活，充当什么角色，不在其位不谋其政……”

从此，我不用去背什么词性的词充当什么句子成分了。

一二十分钟教会了我如何画句子成分。

一次关于语法的传授让我固定了一种判别事物对错的标准，甚至让我模糊了传统的判别事物的标准。

走在沙滩上，满脑子都是一句话“我走在沙滩上”。满脑子都是一些跟求学跟掌握知识跟判定正误有关的标准。

有一回，一个写作的老师他要求为他读一本关于解注红楼的书，也就是录音传输用。那一次录音朗读，我突然想到一个问题，原来大观园里，不，原来荣国府里没有一件事是对的！

哦啊!

好一个曹雪芹!

我张了几下嘴，没有把这话说出去。那老师是否也这么想这么认为的?或许这是他解注的主旨。我早已是成年又成年的人，我知道什么该问什么不该问，并且扼制了关于这方面的深度思考，且不允许在外延方面进行扩大和缩小。我不是哲学家，做不了明白学，判断不好错对，用不着我判断。

这么胡思乱想的时候，我险些被一个小男孩绊倒。

哦呀呀——

几个孩子正往一个桶里捡螃蟹，螃蟹很小很小，我低头细看，想尝一尝童趣，尝一尝原始的快乐，帮忙捡起几个小螃蟹扔进桶里。但是我被赤着上身的小男孩阻挡了，还遭了几个孩子的白眼。我猜，他们怀疑我，怕我添乱。

我轻轻地哼了一声，心里说，小样儿!

我知道，这沙滩上，除了那小小的螃蟹好玩，还有比那更好玩的，去找，馋馋你们几个小东西!

此时，夕阳正把碎金一般的东西扬撒在海面上。画儿，柔和而富有诗味的东西同时装饰着这幅宇宙空间，看着那几个起陪衬作用的小孩子，心生快意，责怪和不满还没完全形成就消失了。我想，要是我从沙滩里翻弄到小海龟一定先送他们一个。

我往南方向走了几步。刚刚蹲下身子用小木棍在沙子下面翻弄的时候，就听那个孩子大喊大叫：

“你别弄，别弄了，太阳还没落，天还没黑，危险——”

我不听他的话，挖出一个小海龟，刚要送给他们时，就见附近有一两只小龟也露出了头，小孩子不接受我的礼物，我就抱着小海龟往海里跑，我想把它送回大海……

糟了，糟了！

很多小海龟像是接到了信号接到了命令，从沙滩下面钻出头，前前后后，摇摇晃晃地往大海的方向爬……

橘红，猩红，殷红，深深浅浅的霞光是那样地绚烂，比作画的水彩要鲜活，好像成心要为我犯的大错来唱赞歌一样。

一个真正的糊涂蛋往往以为自己聪明，我这个孤陋寡闻的家伙根本不知道太阳下山之前，天色没有完全黑下来的时候，小海龟是不该露面的，我抱了一个小海龟前行，这等于哨兵给大本营报了安全信号……

此时，各种海鸟在空中发出欢快的鸣叫，它们一齐向沙滩上小海龟俯冲过来……

应该说，那一次，那些小海龟死于一场浩劫，死于一场我的天真我的无知……

海水和天黑得令人心生寒意。我是如何离开大海如何离开了沙滩跌跌撞撞地倒下去，心里明白说不清楚，只觉得涨潮的大海异常愤怒。

“这件事，我错了？”

“哪件事，我没错？”

我在心里为自己辩解，我不知道我是错的。我知我是错的时候已铸成大错。问题是，有很多陌生的东西，无法都知道什么是错的，是不合规矩规律的。默默地往下走，躬身走下去，几千年上万年以前，去叩问，去考究，知道什么是错的……都知道了，再开始，就不会错了……

海水漫过沙滩，海水的舌头把我舔醒了，那么多小海龟包围了我，有几只踩在我的鼻尖上。

兴师问罪！

肆意报复！

践踏蹂躏！

二十四

什么是对？什么是错？可能不错？

流泪。

泪水，幸福的泪水，

有时也是苦的，咸的。

为了不错，为了哪怕是心里臆造的那份神圣，已经走了很久的路，走了很远的路，已经吃了很多的苦，受了很多的罪。

有时候，

不为涉及因果之类，

不为求证，

不是奢求奢望，

现实会让你不寒而栗。

除了现成的秩序，

除了不可逆的习惯规矩，

还有，

尤其，

特别是来自生命体内部的本能，

某种叫作本质叫作真相的东西，

让你不寒而栗，

让你小视美好……

那些践踏过美好的脚掌，

几乎践踏了标准，

践踏了真理。

“在乌鸦的世界里，

天鹅也是有罪的。”

从黑暗中走过，

为何依然穿着不懂事的晨衣？

总以为有一种做法，有一种感觉是对的。

虽然，

我刚刚做过错事，

因为美好的意愿；

虽然，

我的心在祭奠，

在缅怀那些惨遭屠害的小海龟……

我为何仍不肯相信一切都是错误的。

——还要走很远的路，

——还要走根本不知道在哪儿的路，

——还要去探寻也许根本不存在的美好，

——还要继续怀着可笑而稚嫩的心去摘那朵有标志的玫瑰。

诗，

有时是天使赐予的，

可我为什么而为此疑虑重重？

终于相信，

有神。

想见一见，

或者能通神，

曾经有一个人这样鼓励过我，

这话，我试着相信，

眼睛和灵魂都无数次地默默地考察过与他有关的史实，拷问过他的灵魂……

但是，我确信并乐于践行这一句，

把自己变成神。

什么是对？

什么是错？

能不能不错？

可是，刚刚，我害死了好多小海龟！

对的路在哪里，

还有多远？

问谁，

谁可以问？

从前，

我知道呢，

现在，即使知道，又不相信，

妈妈她离开了这个世界。

深夜里，

我听到有人赞美我，

我知道，赞美的人付出的成本里有欢笑也有苦痛，

被赞者已经欠下了一笔难以偿还的债务。

到哪里去寻找那

以牺牲为成本的高高的音符谱成的小夜曲唱给高贵的人。

即使站在阒无一人的街角，

也不要对着索索的晨星诉说镜子里可爱的寂寞。

这是忏悔，

还是叮嘱？

希望那些小海龟的冤魂，

能明白我此时的心情，

善良，美好也并不可信，并不中用，

更何况一定要披上一件善良美好的罩衫的人们！

也许，

那用肉皮裹了炸子炸死火狐狸的人心灵一隅藏着善良？

混沌的思考状态让人觉得疲惫。我还是确信，继续赶路的对。到几千年上万年以前去，先民们怎么生存，怎么一个方式，亲眼见了，亲自体验一回，或许知道什么是幸福，最起码，知道什么是对的、什么是错的。

我朝大海的方向望了望，海水依旧老样子。我知道，尽管它们遭过许多灾难，但它们依旧有一颗健康的心脏。

有人出海捕鱼去了，有人去妈祖庙烧香祈福去了，有人被台风卷入海底。这里是场所，这里也是墓地。

大海是对的？

大海是错的？

谁会回答，谁有义务，谁有兴趣回答这无聊的问题！

祭一祭，拜一拜，那些无辜的小海龟！那些死于自以为是的天真人之念的小海龟！

终有人会告诉，终有一天，会显现——什么是善良，什么是美好。

梦依然混沌，混沌的梦中，只有数不清的奔走向前的腿。这些腿，一双接一双，没完没了。

二十五

固执，或许有固执的理由。从前，我觉得自己也很固执，现在，我再也无法判定是不是固执。或者说，对很多事，不再有判定的标准，也许，是对各种标准失去信心。

小海龟装在我的心里，我想快些把它们忘却，好像，我不该分神生事浪费时间。

不经意间，有几个词突兀地跳出来："在雪的世界里，看到了芽，听到了哭声，也听到了歌声……"

怎么会又想到炸死火狐狸的那个猎人？这个怪异的人，真的去见柯布西耶了吗？会不会遇上意外，遇险，他会有鲁滨逊漂流时的本事？

雪的世界。

雪中的岳阳楼载着我的梦在沉睡中。

其实，沉睡中的我不可能听到白毛风的呼啸，

也不可能写出思念的音符，

若不是斜窜出的火狐狸吃了炸子，

那血肉模糊的应该是我。

思念何来?

记挂何来?

悠悠之中,

越不过海上的魔幻,

冥冥之中,

转不出某种宿命。

去找柯布西耶的猎人陷入雪的迷幻中,

虽然,有灯火,

虽然,透过雪中蜃楼看见了他扑向初阳的激越,

也看到了他滴在雪迹中的泪痕。

不,

前面,

后面,

那些枯草孤枝,

那闪在山洼洼里的灯火照耀着宇宙间的凄清,

被抛弃的狗不该叫得那样凄惨哀伤,

巢中小鸟的战栗,

诅咒着未央的长夜,

挪动一下冻僵了的小脚,

忧郁地注视着洁白的雪野,

用沾湿的羽毛在巢边蹭出几个字符

——充满希望的黎明。

躺在绿色的海水的床面上，

视野并没有离开惨遭杀害的沙滩屠场。

旧疾复发，

梦幻叠着梦幻，

追随着在梦幻中奔跑的精灵。

以至于让我生出无数次的恐慌，

无数次的逃离，

每次都说这次要彻底，再彻底——

神，魔？

无法再去分辨一些概念，

思念着，

猜度着，

感慨万分，

缠绵悠长，

那个炸死火狐狸的猎人，

神秘的时刻神秘地幻成艳红的初阳染红林梢透视着江湖雪野。

在我的意识里，

早从那片沙滩上拔出脚来，
也早已将那关于错对杀伐之事忘于脑后，
谁知，
我差不多将先民们的呼唤忘于脑后，
也听不到“当、当、当”的钟声。
雪夜中的惆怅的大衫，
卷着葱茏的幽篁，
还有鸟带着冰凌的翅膀，
飞腾着，
盘旋着，
高傲地，
自以为是地圈点着神仙的水墨，
硬说是自己在画月亮鸟，
硬说雪地上落的不是雪，
是它家窗前的桐花。
分明，
我听到了魔鬼正在奏胡笳曲，
月亮鸟的羽翼沾满了冰点，
这个可恨的猎人，
用他不知所措的动作迫害无辜的鸟，
然后泼墨，

在艳阳初照的雪夜里画出认不全识不明的炼狱里的图片。

这个该死的猎人，

为何去访柯布西耶？

二十六

云厚天低。

一具白色的棺椁，

没有长，

没有宽。

玉白色的绳杠，

悬在天地之间。

神的侍从，

一派肃穆庄重。

棺椁，

无停无动，

思念，江湖思念长，

载不动，

不必载……

白毛风，风卷地，

缠绵。

惆怅的长衫，

天地间，

棺椁的后面，

只有，只见，只是，

一面送行白帆。

不要说，灯火可亲，

不要说，暖阳送暖，

林梢素裹艳阳，

那是，神为它申引的归宿，

不，

那是子出生时为自己准备的和羞冢。

山林呼啸，

白雪当歌，

天地同唱，

——宇宙间物象同鸣的羞涩的歌赋。

梦里，

唱醒，哭醒。

不见雪原，

不见雪沃。
只有杂石白骨。
为何不出积石冢？

“当、当、当”的钟声如常响起，
不去关心那顶天巨石上留下什么文字，
无意去认那鼓凸的后脑，
装了什么，
想了什么，
也许，
从来就没有什么爱恨情仇。

满河结了厚厚的冰，
漫天是缠绵的飞絮。
凄清凄冷凄美都不在，
命悬一线作何解？
化作哭声神祭奠。

什么人踏上仙途？
江河哭雪山舞。
猎人不归，

泣鬼神何故?

我想快一些挣脱没完没了的梦境，早就听腻了这似人似鬼的歌声。

我要赶路,

路程很远。

不必设置重重魔障。

先民们在等我,

很快，我就会看到殿堂里的幸福和平和。

不需要殷勤,

不需要帮助。

柯布西耶自有他自己的使命,

把紫褐色的山筑成圣殿筑成教堂,

那是神给他的任务。

我必须加紧赶路,

还有几千年的光阴,

上祖,

先民,

为我的心开光,

教我学会歌唱的曲谱,

返回时,

我才能举起那敲钟的锤,
我才能听到日出前的钟声。

有人说,
你已将苦楚尝遍,
已将字符认全。
神不欠你,
鬼也给你补了课,
一世的图画也看完,
快些走,
别纠缠,
先民上祖,
已为你准备圣典,
取回它,
救苦救难……

且听,
“当、当、当”
钟声不绝……

二十七

睁开眼睛，看到了一条小黑狗，卷卷的毛儿，并不好看，也不可爱，它从什么地方跑出来了？赐我的？谁赐我的？我不孤单，也许，明天，明天的明天，我会孤单？奇怪，真的很奇怪，很多时候，我形单影只，可我还觉得不够，不够孤单，我终盼到了这么一天，不用担心，不用惦记，不用思谋与我有关，与我母亲有关的一些人的活着、生存的一些事了。看上去可以孤单了，可是，还很不够，还不够孤单。向史前行走，同行的人很少，从本质上说，靠近孤单。前行目标明晰，提炼原始美，无灾无难，消灾消灾难人类简单快乐。

我知道我要到哪儿去，我知道我去干啥，可是，犹豫徘徊，梦幻重重，总在一种意志之外的行径上纠结纠缠，你没做错什么也没做对什么，没人为你作证也没有任何历史止逆反馈镜来为什么事情做解剖做病理，有了病理活检的诊断也不一定是不能治愈的癌症。该走便走，向前是出路。梦一重幻一幕的，不是不美，不是不好，世上没有可盘点明白的往事。对自己不要太相信，对自己不要太好，太好就是刻薄。因为哲人的哲理都会过时，哲人依据的都是经验，经验存有个体的狭隘，所以，经验会过时，所谓的百年不遇也可能是扎脚的蒺藜。但是，我不能否定的，人的直觉，人剖肝沥胆的痛无法漠视……

后悔，是一种常态。突然听到一种声音，走这条路，是想换一条路，明白什么是路，还是猎奇，猎奇为了一部小说的存在？

“你说。”

“希望被喜欢的事情填满生活。”

“嗯哼……”

转头，没人；侧耳倾听，没有声音。

鬼在说话吗？

应该不是猎人，猎人去寻柯布西耶了。

可这声音分外熟悉，除了他无其他！这个人毫无道理地乱管闲事！神经不正常。真想提醒他一下，好好地认知自己解剖一下自己改造完善一下自己，别作践了他父母留下的基因。

这个人，这个符号，好像消失很久很久了，怎么又在影像中露头出现。那个凄冷的天地雪棺后面扛白幡的人，他竟那么孝顺，可是，他不是神的侍从，谁让他戴了孝帽往灵棚钻充孝子贤孙的……

想着想着，白毛风在我眼前掠过，分明看见了他，他哭得很悲伤。浪子也有真情。为何说了这样的话，对不了解不认识的人还能谩骂，不是精神失常便是中邪了。

确实，有些时候，人的某种行为并非受到中枢神经丛的辐射。莫须有的非物质的力量会为游走的物质性存在的一切做平衡性安排，或一只飞雁，或一条叭儿狗，一切的一切都无法构想无法控制。有时，你会无条件地谅解让你自己讨厌憎恶的现象，有时你会为不可思议的事物担起了风险。动物间的爱情多因本能的存在，人类间的爱情应该是有很深的文化因素。人类文明史前的爱情是如何一种呈现？不知该做如何一种描述。

我想作一首诗，有人希望我作一首诗，我自己特别想作一首诗哦，可是——

如果你正承载着什么痛或苦，如果你心停不下悸动，如果你无法止住愤怒和悲苦忧伤，那在你不远处的山洼里一定闪烁着雪夜的灯火，让你觉出巢中幼鸟的恐悲。我知道，我正在忘怀，正在做最彻底的割舍，因为你已选择了一条路途，为自己，更为自己之外的人在研习课程，在体验最原始的悸动最原始的快乐——承载一种非凡创造力的原始模盘。此时的心情，是异常兴奋的一种苦，咖啡豆的味道。

其实，不必再去构想什么与柯布西耶有关的事，也许，他根本不用请，也许，他不是猎人所能请到的，也许，猎人又有意无意地去发现狩猎的原田，并没有去请柯布西耶，这已经不重要。一座殿堂的耸立，顶天立地的巨石的矗耸，不是哪个人的意志是否强烈，自有神的天然信息。宇宙物象自有它的规律。有人说，曾经有那么一个所在那么一段断代史中记载，为了一部书的问世，为了一部书生成之后不灭断，竟有人倾尽私财竟有人跨国度冒着走私蹲板房的危险腋下夹一本书过海关……一切自有神的安排。

“当、当、当”的钟声响起。

鼓凸着的后脑正在抡锤。

顶天立地的巨石上为人类文明史刻下有用的会动的“蚂蚁”。

猎人，那个猎人，顽强地晃过他的灵魂！

十分讨厌！

林间火狐死，

雁飞雪影在。

二十八

我想加快一下速度，离我离开的基地更远一些。可不知什么原因，夜里，我的手机自动播放起喜马拉雅关于《晓唱红楼》的节目，我还着实地听了一会儿，像发现新大陆一样，注意到潇湘黛玉《桃花行》长诗的技巧：

> 帘外桃花帘内人，人与桃花隔不远。东风有意揭帘栊，花欲窥人帘不卷。
>
> 桃花帘外开仍旧，帘中人比桃花瘦。花解怜人花也愁，隔帘消息风吹透。

不知我为人诵诗，还是人为我吟诗。我感觉我走出的这一段路被我自己废除了，不知是人在怜花还是花在惜人；更不知是人在怜我，还是我在怜人。

杜绝回头，勒令自己改掉旧习。时光变更，思维程序也在变更。有一种智慧是在不变中饱含万变控制万变指挥万变。寻求古老的魔幻，寻求最古老的智慧。

走了好长一段路程之后，我坐在一片草地上休息。草虽枯，不密不高，我侧身倚地，想彻底放松一下。突见一只椿象，从前见过的。说它是害虫，倒没有留下特别坏的印象。它不动，我把目光全部投向它，它无视我的存在。比小拇指要小的一个小东西，薄薄的背，黑色的。两个后足最长，前足稍短，像触角，但能着地，中足最短。这令人可能瞬间忘记的东西引起了我充分的注意。旷野广袤，就我一个人，孤独感？不，如果比这还要孤独，我不会感到无助和苦。只有孤独最为真实，只有真的孤独会让人享受到生命的真实和真诚。也许，神感知到一颗灵魂的美妙，才派了这小椿象来会我。我记得它不会飞，它是半翅目，可它突然两后足着地，腾起前身一跃，它想飞。我开始怀疑我的知识功底，更怀疑我的记忆，它会飞吗？对呀，人也不会飞，还创造条件四肢腾空在水里穿行，那不是飞吗？这只小椿象想飞，做给我看吗？我倒笑出声，倒有一点点喜欢了。很奇怪，连猫呀狗呀的讨人喜欢的小动物引起我是害怕是讨厌，我怎么会突然间喜欢这个小椿象呢，还是个害虫，可是，人们某种背景某种心境里有些改变也是有的。

确实，我喜欢了这只小椿象。

人的心有时魔幻，有些遇见也有魔幻色彩。

如果说最真的，我几乎有点害怕这小东西飞走。

确实，它不会飞，它只是跃起来向高处腾跃几下便掉到地上，我还看见了那短的中足，丝毫没动没起到任何作用，随着那翻过来的白色肚皮悬空了足有三四分钟时间之后落在地上。肚皮是白色的，肚子一点不鼓，平平的像张纸。丝毫谈不上性感，也没有任何惹人喜爱之处。我盯着它的两个前足，眼皮都没眨动，担心的是它今后怎么办，接下来它将用什么办法翻过身来，让白色的肚皮挨地，让黑色的背朝天。奇怪的是我没有生出冲动，去捉起它把它扣过来完成翻身这个动作。

我没有。

我盯着它。

看来，我也有不多次犯同一个错误的修养了，啥时候改的？怎么改过来的？

人们都会犯的自以为是的毛病，我好了！

我确定，我这个大脑袋并不知道椿象这个小脑袋里想的问题。

我开始满意自己，我有了更靠得住的自信。我找到向史前进军的出处——这只小椿象给了答案，给了我支持。

无法预知前面的路，一切都无所预知。

依然，我盯着小椿象。

前足中足都在动，活泼自然地蹬着腿，

没有一丝的慌乱，也没有翻过身来的意象状态。它俯卧着的状态自我感觉无法知道。后来，我也没有了想知道的念头。

终于，它恢复常态。黑色的背伏在地面上爬了好长一段路之后又翻过来。肚皮贴地，前足向前伸着，后足着地了。休息，思考？很难懂得。它开始朝前方爬动了。我祝福它，也放心它，我确信它不迷失以后的路。就在我这么想时，它突然扭转头，向我爬来。生命的共性——念旧情？我还是笑了。心情舒松，看看它的爬行。爬了一会儿，又改变方向，向左绕绕，向右绕绕，沿着不足二十厘米的直径爬动着，迟疑着，思考着……

小椿象的思维方式很特别。我记住了，它为我的前行有了指导性的意见。

真没想到，与小椿象有了这样的遇见，一次真正的真诚的遇见。

二十九

没有想到。

没有想到的事太多。

那只小椿象，

对我太真诚。

无论如何，

我该启程了。

梦里，妹夫的专用手机响了很久，没接。

也许，

太阴森了。

估计，他能回家了。

为妹妹祝福！

好像在梦里，

桑志华也来了，

他要拉我去天津一趟，

让我为他的博物馆做点啥。

望着他，

我只是笑。

这样的事，

心里是高兴的。

可是，

我要赶路，

我的路程——

桑志华的博物馆为何建在天津?
如果,
如果离紫褐色的山近一些,
我会依傍着他的博物馆,
建一座史前文学院。
史前文学?
不必多想,
也许,史前文学有更别致的表达。
得加快脚步,
不可为徘徊找太多的借口。

不对,有人把我领到了四川广汉,
参观了三星堆文化。

四川广汉,
突兀的三座黄土堆,
人类一部文明史,
在时间深处相继消失进程中被辨识出的一朵被遗忘的玫瑰。

人类自古就有朝圣的虔诚，

也许，

那里是朝圣的中心，

也许，

人们一有生命，手里就有了一张神给的唐卡。

那高鼻深目的青铜器物，

那代表早期外汇的长到一米八的象牙，还有那符号别致的金手杖……

我们无法一一叫出那些有来历的花的名字，

只能，只能说那是人类文明史。

我们每一个人也有一部纹路清晰的心灵文明史，

你自己，别人，你认识的不认识的，或者你无从想到无从说起的，昨天或明天，醒时或梦中，有意或无意帮你写就了的一部心灵文明史。

比如浸雪的茵茵草，

比如茫茫的一夜雪沃，

比如黑色的星黑色的天空下的和羞冢，

比如那清晨第一缕阳光下的绿色的松塔……

你被自己关在没有门也没有窗的屋子里抄写佛经，

刺破中指蘸着自己的血写下每段每行佛经的头一个字……

你在隧道里对着化石蝉凝眸，

你的泪水烧焦了美丽的面庞，

你被风摘下了一块心肌，

冥币飞扬中的哭声，

你像个努力站立的幼子，

总怪自己的蹒跚，

你总盼着明天会好……

心灵山上也有三堆黄土，

会不会变成模糊的花园长满玫瑰，黄的，绿的，也有一朵黑的玫瑰不被遗忘，

没有标志没有符号，

几百年，几千年，上万年，

有人来挖掘，

有人来朝圣，

有人高高地举起那柄举世闻名的金手杖，

把一部心灵的文物史贴上“三星堆”？

不知道，这些文字是在四川广汉写的还是在离开小椿

象以后写的？我还是命令自己，不必犹豫，不必徘徊，一直往前走是正理。小椿象有小椿象的抉择，妹夫自然有他的去向。一切都跟自己没什么关系了。

三十

往前走，只有往前走。已不用再规划，再构想。走就是了。

其实，做梦也不是件坏事，做梦梦见的是真的，是连自己都无法相信的真实。所谓的潜意识是存在的。

我很想遇合上曹雪芹，迎面碰上，梦里神交。我想问问他关于晴雯这个人物的塑造，关于她的细节的呈现和命运的结局。晴雯带病织补雀金裘，雀金裘只有一件，落在荣国府，宝玉穿它赴会不慎破损出洞，送将出去织补以躲过老太太的眼睛，可竟无一人能接这个活，就连出色的绣匠都不能，而晴雯巧用界线的工艺夜补雀金裘，可见能力才华过人：晴雯撕扇子作千金一笑，能看得出位卑微人高贵，更能看出她与宝玉情深，延伸一下，她有高贵的垫脚石，俗语便为拥有靠山；她可以在宝玉袭人不在的情况下独断专行撵走一个小丫头子，可见魄力非凡，老太太调教好赠予宝玉貌美超群自不必说，这样的人最后被赶出大观园逐出荣国府命丧黄泉……

何也？

这便是真正人才的下场！

想问一问曹雪芹，何以如此高瞻远瞩？

今日，发展，各种发展——依然存在人才的培养人才的使用人才的存在状貌问题……

王善宝家的，王夫人，她们无意中的一句话，一个念头，就把人才葬入深渊。

“寿夭多因诽谤生。”

曹雪芹默默，一言不发。他并没因我的恭维而有一丝得意，也无任何难言之隐的韵味。只是重新整理一下腰间的汗巾，抿出贵公子的笑意而已。

当然，谁也不必为谁的命运结局感到不公、感到不平，什么政治呀秩序呀，没办法，没秩序没规则没法令不行，有阶级阶层就得有法令，有法令就有弊端。什么忽喇喇似大厦倾，倒也不必有更多的操心分神更不必有什么愤愤从而嘲讽批评批判不断，没必要，这间大厦倾那间大厦起，时空依然，宇宙状态不变，历史车轮向前自有一番规律。你、我，总要存在于这个时空之内，可以永不逆本性如潇湘妃子质本洁来还洁去，也可如薛宝钗动尽人之机变，讨好了该讨好的一切人，权色终于一身到头来独守青灯说不出……哪个的存在状态都属自己选择。曹雪芹在《红楼梦》里道尽了人间世事，道尽了人情世故，怎奈没细品没品出其中奥秘弄得个公说公有理婆说婆有理，一部红楼养了数百年百十个红学家……

曹雪芹，从锦衣玉食到翁牖绳枢，贫苦荣华悬殊之中得以洞察世事的机会机缘，还好，高贵教养修养底蕴都在良心未泯的贵公子浸出辛酸泪甩出荒唐言，让我们可凭此体会出些许世故来，有魄力的选一个有魄力的活法，胆子小的运数差的随波逐流讨生存也就是了。

我们命里不带荣华富贵不是宝玉，没必要劫去荒山入空门，天生不带仙山境界不存高雅风流气质的泪尽无风流……

史前史后自然宇宙均在，缺食少衣自然自会给，不争不抢本宁静。还是往前走，寻找毕见先民上祖能佐证，自有如仙如道的文化文明。

本不想再谈什么文化文明，也没料到自身带了这么多混浊，这么多宝贵的文明横挡竖截地前来阻隔缠绕，难以理清，“白海棠诗社”的雅士俊美，“桃花行”的凄美风流着人难以割舍，才弄得脚下步履艰难，虽无一步三回头，却也古今难分难走出红男绿女的禁地……

怎奈已被梦幻所蒙骗，天地间云生雾变裹挟不断，便非生非死非愚非智非人非仙地停不了行不快，好在妹夫给了阴阳神鬼无阻的手机，方可记下诗画兼容的电子日记，势必有一天抛在什么人手中，或许有用，多酿出些许的快乐也未为可知。

三十一

惶恐，慌张，慌乱……
四处飞萤卷起。
我想屏住呼吸，
不进毒气。
要死了吗？
哪里在死人？
有人要死了吗？

为何生出不祥的预感？
为何再不敢泰然自若？
无论如何，
我无能为力……

宁愿相信那是真的，

那个猎人确实去寻柯布西耶，

上天入地也是真的。

果然寻得到，

果然在那紫褐色的山上建了殿堂，

果然呼唤万众神灵，

消灾避难，

人间喜乐安全，

那位让横纵难辨的小猎人，

也许是神的侍从。

不用说，

彷徨，

人在彷徨，

人在惶恐。

关于存在，

无法预知到可能存在可能发生的问题，

有些问题可能对人构成威胁。

当四周被撑开的伞遮蔽同时又被危险侵袭的时候，

也许，

这时的危险还在防范之中；

当乐曲响起，

报祥和之词，

伞悄悄撤去时，

从里到外都剔透的人，

确实为真诚的生命者，

便开始浑身颤抖。

一个个体的人，

一个存在者，

有时候，

相当渺小，

无助，

可怜。

那些看上去强大的人，

其实，他们自己感觉着更多的哀伤。

他们还记挂着许多哀伤的人们，

他们不知道如何找到并举起红伞。

我，

此刻，

在大海的边上走，

无心观海。

只是，

我的眼睛落在海面上，

——一对白色的天鹅。

各自的一对翅膀，

几乎同时张开同频抖颤舞动，

又同时合拢拍颤。

什么样的教练导演经历了怎样的教习，

它们才能在浩瀚的海上展示高品位的舞蹈。

……

这两位戏水舞蹈着的天鹅，

翅尖上溅出了泪水，

——刚刚从海水里分离出来的泪水。

因为没有逝去的彷徨和恐慌，

让我觉得什么人欠了它们。

也有我，

我想让它们永远是天鹅，

永远舞蹈着，

永远在梦中，

永远不知道什么是渺小和无奈。

我，

你，

还有什么人，

我们应该让它们感到永远的无灾无难，

让它们觉得把柔软把美妙把仙姿展示展现出来并永不停息地展示着才是它们的心愿，

才是它们对世间对我们的存在状态。

如果那位小猎人确实去了法国，

确实去寻找柯布西耶的足迹，

我想，

一切都会好的，

一切有害要素都会消失，

一切的灾难都会消逝得无影无踪。

那么，

小猎人也会成为美丽的天鹅，

至少，

那翅尖上溅出泪水的天鹅会谢的。

三十二

也许，往前走，再往前走，是唯一的出路。

当然，我一直审视着自己的念头，这是否毫无道理。

思考也是一种存在。

前面现出一片白桦林，

皴裂着的树皮没有影响它们的美丽。

其实，

也许算不上美丽，

只是一道只有它们才有的独到风景。

一时间，

让我模糊了季节和存在的有无。

我宁愿还是梦幻，

可是，分明见那树枝在动，

还有一个高大的人举着什么东西，站在那里一动不动，

长长的一条影子，

应该是两条长腿。

手掌举着的，

摄影机，

不再高举，

摄影机端坐在三脚架上。

风穿过白桦，

扫了一地的叶子。

三脚架没动，

人没动，

腿没动?

长长的影子好像也没动，

只是，

地上多了一条影子，

影子在动。

这动着的影子是条狗，

一条小狗，

一条黑色的小狗，

一条不顺眼不帅气不名贵的小狗。

尤其那耷拉着的两只耳，

还有那卷着的像绵羊毛一样往回卷着的毛，

还有那从对面跑来时的拙样，

怎么会领这样的一条小狗，

还配让这样一个高大的人给它摄影！

不是故意，

潜意识的不屑，

无端地愤愤，

几乎失衡的心，

无端地不平，

也许是难为情，

一直，

没有看人，

也没有看狗，

只注意着两幅影子。

影子不分俊丑，

影子的意义不明显，

影子就是影子，

只是，那长长的一幅影子有些雄浑，

虽没看也无法看见，

那神情有些庄重，

好像这一次拍摄有着比一本正经还一本正经的意义。

主要是，

从那跑着的根本听不到的晃荡的铃铛的声音里，

从那一幅长长的腿影里，

我似乎读到了一个故事，

一种故事，

一类故事，

或许，这故事很美。

这种拍摄，

有剧本，有导演……

你看，

那拍摄的三脚架是先设置好的，

应该说，

那条小狗是被自导的导演领到很远的石板路的那一边的。

你想象一下，

想象一下导演往回跑的情境，

兴奋，还是喜悦？

应该状态自然，

至少，

他不以为有人看见他这一场自导自拍的影视，

他无法知道有人同时拍摄了他的心理。

可怕，

无处躲藏，

这是一个无处躲藏的世界。

你帮我想一想，

猜度一下，

这个人是不是一个有故事的人？

也许，

此刻，

他正在发生着故事！

也许，

此刻，

你，

也正在发生故事，

或者，

你正在为自己导演着一段故事。

故事！

其实，

我在拖延，

不是出于故意。

拖延症吗?

不知道,

因为我无法知道明天,

无法写出明天的日记,

很难知晓,

先民上祖能给什么可以上供的馒头,

我自己也没带什么供品。

索性,

真正地听凭自然。

“谁知道,是不是自然?”

一条红色的狐狸窜出来,

我不是讲,真牙坏了再疼嗯,哼,嗯,哼,嗯。左顾右盼,

看它的前方有没有包了油皮的炸子?

这包了油皮的炸子,

只有那个小猎人才能弄出。

“小猎人在哪儿?”

“在那!”

转过脸,

不远处，

有一个人正不停地捯着手里的风筝线。

空中飘着一个凤尾竹一般的风筝。

看那有力的两只胳膊，

看那专注的神情，

他在放风筝。

和那次为小黑狗拍摄不同，

此刻，

他没有把荷尔蒙的重量一起留在此处。

向上仰着的一张脸与蓝天，

对视着。

此刻，

自然，

如草，

如风，

如那条随意跑着的小黑狗，

心脏在合适的位置。

三十三

这场雪，应该很大。

没膝，齐腰?

无法推测。

雪地上，

两串脚印，

很深。

应该是人的脚印。

不是我的脚印，

是猎人的吗?

此刻，猎人在哪儿?

眯上眼，

眼前有地衣的东西在飘。

比藓更灰些，

从岩石缝里滑落纷飘过来，

落在了雪上。

哦，来过了。

猎人来过，

那是猎人的足迹。

如果感到奇怪，

只能相信量子的纠缠。

走到这里了，

被吸引过来了？

说不准。

两座山完全被雪覆盖。

被雪覆盖的两座山默默地对峙。

不是驰名的雪山，

山上全是雪，

雪，雪，

雪的世界……

好干净，

真的，

不必担心再掺杂质。

……

不前行，

停下脚步，

凝眸处——

一棵树。

一棵雪树。

枝是雪，

干是雪，

叶是雪。

不是雾凇，

不是树挂，

没有纷飘之姿，

没有婀娜之状。

没有任何支撑之物，

但

有叶，

有枝，

有干，

是一棵树，

一棵雪树，

自己把自己生下来，

自己把自己雕琢成一棵树……

就在它的身侧，
面对着它，
泪泉涌动，
我确定，
小猎人在里面……

我不知道，
会不会晴天，
也没盼望，
也不为什么银装素裹的愉悦，
更没有什么分外妖娆的享受，
更不标注美感的觉醒……
我只有感谢我自己，
遇上了好景致，
用数不尽的午夜堆叠出来的好景致，
用从来不觉得好笑，
从来不觉得虚无，
从来不认识的孤寂雕琢出来的好景致。
——潇潇洒洒一棵树！
一棵雪树，
一棵里里外外都是雪的雪树。

这回，
你不用疑，
他不必谤，
我也不必拷问他的灵魂。
我被冻成了一个梦。
我裹在了一层一层又一层的梦中，
在我的，
在别人的，
遗忘的遗忘里，
伸出幼童的手，
去铲剖那棵树，
那棵雪树哦，
雪粉脱落，
飘洒纷飞，
幼童的红手指，
断掉了——
雪树融出水滴，
在阳光下哭泣，
分外妖娆……
只可惜，
里面没有任何枝杈支撑，

也没有什么小猎人的肉身，
素纯如初，
素初之美，
灵魂没死……

我不能不信，
再不信，
我就会立刻变成那棵树，
那棵雪树，
——唯一的不同，
不再融化，
没人企盼的融化，
只能运行成一座山，
一座雪山。

不知，
还有什么人，
在史前讲述，
一个故事，
一则童话，
一篇寓言。

三十四

撞在了树上，

一棵橘树上。

没摘，

一枚橘子滚落下来，

半绿，

酸涩从齿缝里出来？

从假想中，

不用想，

有种滋味，

不但酸，

而且疼。

这里是倪瓒的家园，

失落的家园……

这里有橘子吗？

我怎么会来到了这样一个所在？

走得好快，

到了元朝。

也许不是，

只得看看这幅图，

昨晚在梦中，

遇见了他，

清高有洁癖的倪瓒。

他说认识我祖姑奶莲蒂，

可能，已经通神，

不用攀，便高攀了。

倪瓒往纸上写诗，

还念念有词，

“抑郁事污俗，

纷攘心独惊。”

这些文字也许并无入心，

倒被他的《秋林野兴图》吸引，

幽秀旷逸，

笔简意远，

惜墨如金……

被什么人催眠了，

蒙蒙眬眬不愿醒来，

满眼，
都是盛开的木樨花，
都是或直或斜的竹木顺势依石。
瘦，
一个字，
很瘦。
好像和一个画家的画风很相似。
他是谁……

钱瘦铁吗？
不！

怎么也想不起，
不是倪瓒的朋友郑元祐，
也不是黄公望，还不是吴镇……
“元四家”都不是。
闪过“兰菊香草之属，敷舒缭绕”，
经由“云起野桥西”，
忘了路途邈远，
我登上大船，
游太湖时，

满脑子还是倪瓒旧家园，
满心还是，
还是，
“竹粉因风晴靡靡”，
口齿仍念，
“杉幢承月夜苍苍”。
若有归期，
我想，
找四五个同志好友，
拍一小戏，
自行上演。

船在湖中游，
山水似曾过园林。
明明是，
无锡的梅园，
怎么扯上的《红楼梦》里的大观园？
还有诗从嘴边流过，
倪瓒非潇湘。
幻似龙吟细，
森森缠惆怅。

这诗可以当作戏剧里的念白。

哦，

险些从船舷上掉下去，

见林黛玉正在沁芳桥畔伤神迷失，

我想扶她过桥去，

我想扶她去见宝玉，

刹那间，

我已被她抛下，

等我见到袭人时，

黛玉正对着宝玉傻笑，

“宝玉，你为什么病了？”

“我为林姑娘病了。”

两个人对着傻笑，

只管笑，只管点头，

“是回去的时候了。”

伤神，失魂……

不知谁在吟，

也不知谁在唱？

不知是潇湘馆，

还是倪瓒的失落家园？

我只光对着剧组的演员导演，

让他们继续念白：

“古木竹石不渝，

倪瓒元祐慰藉，

伤神失魂绝唱，

竹粉落蕊衣裳。”

确实为太湖，

湖面浩渺烟波

游船不见，

也许，

我已到了太湖的另一面，

与人展演，

与人排练，

分不清哪里是秋林别院，

哪里是潇湘大观园，

泪水淹过太虚。

细瞧瞧，

却原来，

“层峰翠隔溪”，

却原来，

“云起野桥西”。

三十五

那天，我爬上了黄山。

不，几年前，我随人去千岛湖，归途中踅进黄山。

眨眼的工夫，

我飘飞上岩石缝隙，

请相信我，

我不是想跟那棵岩棕争宠，

虽然，我也想接受太阳授勋。

因为，我也不是一粒浮尘，

虽然我也不止一次地拥有了做浮尘的资格，

甚至，绝对有了做浮尘的想法。

趴在岩石的罅隙里，

说笃笃寻求吗？

说彰显说炫耀吗？

说有自虐瘾吗？

跟自己下定义很难。

我只是希望看见那几乎变成干末的灰绿色的苔藓，

它是怀了怎样的一个念头收留那颗岩棕的籽粒，
它如何确信它有能长成参天大树的基因？
不必有一丝的脱离灵魂的真实，
那颗岩棕的籽粒哦，
谁，什么，赐给了它比顽强要可怕的勇气，
不怕烧灼脚爪，
笃笃寻求，
赢得了我无言的感动，
在这逼仄的岩缝里体会太阳为它授勋的悲壮和宏阔。

忽听得有人喊，
谁在作诗啊？
像是桑志华的声音，
他怎么来了黄山？
不，
我怎么在黄山？
难道我在黄山吗？
我谨慎地抓住索道，
放弃了最后的两个台阶，
望着失去索道控制的那个峰顶，

止不住心中的抖动。

桑志华，

不该进入我的梦境。

你只管去完善你的博物馆，

应该，

你并不在意谁接受太阳授勋的事。

我也不在意太阳能不能为我授勋的事。

不过，

我希望那颗把根扎在逼仄的崖缝灰绿色苔藓里的种子有授勋的明天。

明明，我晓得，

现在还不是授勋的时候，

我为何岔开前行的道口，

来察看它是否接受授勋。

一路磅礴，

都谁在一路磅礴？

其实，

谁也没构成一路磅礴。

也不必去惘惜，

可以相信是一份真挚，

但不必去偷看含泪的灵魂，

成长中的灵魂跟谁也扯不上关系，

它们自有安放自己的念头，

也有安放自己的地方。

无论怀了怎样疼痛惜怜，

都不是被带有标签的灵魂的认同。

不必再为我催眠，

让我梦境丛生。

请放开，让我赶路，

其实，我有使命。

既然我们有意无意地错过了很多路口，

既然我们因为彼此偷梦快乐又因彼此梦的牵连给彼此带来伤害，

既然我们那么相像那么难融又那么……

我们都跟着自己的灵魂飘升，

去寻应该寻的梦，

就不必再心生牵挂。

灵魂是自由的，

无法希望，

无法劝念，

关于电子纠缠，
也可能存在着。

那天，我爬上了黄山。
不，几年前，我随人去千岛湖，归途中趸进黄山。
眨眼的工夫，
我飘飞上岩石缝隙，
请相信我，
我不是想跟那棵岩棕争宠，
虽然，我也想接受太阳授勋。
因为，我也不是一粒浮尘，
虽然我也不止一次地拥有了做浮尘的资格，
甚至，绝对有了做浮尘的想法。

趴在岩石的罅隙里，
说笃笃寻求吗？
说彰显说炫耀吗？
说有自虐瘾吗？
跟自己下定义很难。
我只是希望看见那几乎变成干末的灰绿色的苔藓，
它是怀了怎样的一个念头收留那颗岩棕的籽粒，

它如何确信它有能长成参天大树的基因?

不必有一丝的脱离灵魂的真实,

那颗岩棕的籽粒哦,

谁,什么?赐给了它比顽强要可怕的勇气,

不怕烧灼脚爪,

笃笃寻求,

赢得了我无言的感动,

在这逼仄的岩缝里体会太阳为它授勋的悲壮和宏阔。

三十六

这里,

这里——

冬天了,

苍蝇,

不要让它落入滚烫的嘴唇。

更不要让它一路追随别的苍蝇落在骨灰的瓮上。

我知道，

行程的速度加快了，

时光的深处，

有一个人，

我很熟悉，

他堵在像是桃花源的入口，

不足为外人道吗?

其实，

我想让他网开一面，

闪一下身子，

让我进去，

如若能在里面停脚?

不知他不信我，

还是我不信他，

他没有横戟相向，

我也没有多一眼的窥视。

我转回身，

没有回头，

用衣袖轻沾眼角，

为他流泪吗?

忽听得一个人嘻天哈地边走边说，
“一切都结束了！”
那癫狂之态，
让我不敢相信，
不敢相信他是披金戴银众星捧月的贾宝玉。
我迎上去，
尊一声宝二爷，不再胡闹了吗？
他仰面大笑：
“一切都结束，完了事了，不再胡闹了！”
不再胡闹了！
望着他的背影，
我流下了眼泪，
我泪流满面，
黛玉所托吗？
宝钗所嘱吗？
应该是，
应该是，
大观园十二钗的共同心愿哦……

我跪下来，

不，

是宝玉跪了下来。

一艘大船缓缓驶来，

贾政在上边，

宝玉磕头跪拜，

泪流满面，

养育之恩，

父子之情红尘挂牵，

一点不多一点不少，

都挂在两腮。

顷刻间，

人神蜕变，

走了，走了……

天地间，

白茫茫一片，

走了，真干净！

贾宝玉化为了一缕轻烟，

飘入佛门。

我猛然回头，

没有疯狂之态的贾宝玉，
没有由人守护的桃花源入口，
只有苍茫尘世。

过了明清哦？
怎么，
我竟迷失，
倒回明清么……
我已迷失，
我知道，
我不会精神错乱，
使命在身，
史前，史前，
寻找，
寻找再寻找，
救苦救难，
无灾无难……

“当、当、当”
钟声骤然响起，
那鼓凸的后脑，

那紫褐色的山，
还有那个朗香堂的柯布西耶，
一起向我拥来，
用口头语言，
用肢体语言，
用情绪语言，
在言说，
在倾诉，
在发问，
如何消灾？
如何解难？
如何幸福？
我仰天长笑，
我仰天大哭，
——我不知道！
——我不知道！

哭昏过去，
醒来时，
才发现，
我就卧在桃花源的洞口。

三十七

再往前走，

越来越远，

越来越近，

泪流不止。

跟自己无关，

跟自己有关，

是那样地爱着自己，

是那样地爱着知道不知道的一切。

悠悠荡荡的云彩，

流淌着的空气，

任情任意的草木虫鸟，

还有那些现不出面庞的各种肤色的生灵，

他们都怀着期待，

怀着怜惜，

怀着感念，

怀着天地般的责任，

在我的身边存在着，

跟随着……

空灵的温和，

不存在的陪伴，

难以体会的孤独，

难以拉拽着无奈……

我飘了起来，

在我曾经去过的福建的火山岛上着陆，

坐在海边的鸟巢上，

面对着大海，

也背对着大海，

想了很多很久，

都是不存在，

都是什么也没想。

不，

我进入了大海，

我被海的双臂托举着，

我被雄性的怀抱簇拥着……

博大是存在的。

其实，

世界并不大，

世界有无数个。

有能力打碎也有能力建造一个世界，

在生命存在的时候，

存在于一个你喜欢并且适合存在的世界。

为了这个世界，

你的活动，你的存在，

应该是在你不经事的时候，

在你意识苏醒的时候，

在你还完全不能辨识的时候就开始的。

谁也无法选择无法断定什么人什么事什么环境锻造了你，

没办法一下子拥有所积下三生好德。

我根本不知道，

我用几百年的时光活成了一个孩童，

我能用孩童的眼光面对无边的海水。

鼓浪屿，

海水带着梦的细胞晃动，

我在沙滩上捡拾贝壳，

贝壳很小很小，

以至于看不清纹路。

我想帮身边的伙伴去捡贝壳，

当然，也希望伙伴帮我捡拾，

可是，

只能她捡她的，我捡我的。

她的笑在脚下一抹印迹里，

我的泪在我的眼里。

每个人都藏有一个斑斓的世界，

看上去最孤独的存在，

是最美妙最温馨的。

那一次，

我和她都捡拾了很多贝壳，

那白色的小到无法辨识的一枚，至今，还镶在我的记忆里。

我知道，不要再贪恋玩耍，

继续前行，

快些前行。

还有几千年的路程要赶，

有风车等我去玩耍。

可是，

我被那密密的榕树气根所缠绕，

还有一口大大看上去很沉重的棺木躺在挂了木牌的大榕树的面前。

为谁准备的棺木？

为我吗？

不自禁，

爆破得那么响亮，

我的笑声让海水飞溅到这口棺木上，

榕树的气根也都随风动起来。

我不是帝王，

也不是人间功臣英才，

怎么可能有什么神在这富有传说的岛上为我准备归宿准备另一个世界的行宫呢？

足足笑了几个小时，

间歇性的，

非精神病的。

笑，

很简单，

幸福，

享受幸福吧！

倚一会儿大榕树，

把它的气根捋在怀里。

躺在那五千年的榕树树身——如棺木一样——如棺材板一样的榕树木材上，

我随这个露天榕树博物馆一起不朽？

哪有什么朽与不朽？

对，

应该告诉桑志华一声，

让他过来，

看有没有办法交涉，

把这口榕树棺木弄到他的博物馆去……

有人看见了我的梦，

他笑我的不纯粹，

笑我不至真至纯耽误使命，

去你的，

什么是至真至纯，

林黛玉焚烧诗稿绝气而亡才是至纯至真，

刚刚践踏完至真至纯的人哪配再要求别人至美至纯至真！

我放声大哭，

我放声大笑，

我也能觉悟？

真是，

我觉悟了。

我不再用玉一般的枷锁套牢自己，

终于继续任性地玩耍。

去了中国最美的溪流，

——武夷山九曲溪。

很快，

我抛弃了有意的眼睛记录，

我眯起眼睛，

一任东西南北。

……

三十八

休得流连，

朝着既定目标，

前行。

这么想时，

很想大哭一场。

向什么人告别，

向曾经存在的点告别！

不必，

原点就在脚下，

不必向你画好的那个点瞭望，

任何的一个点都不会消失。

鼓浪屿的露天榕树博物馆在，

桑志华的博物馆即将建成，

各种各样的博物馆，知道的，不知道的，叫上名的，叫不上名的，

它们自然会以它们自己的方式自己的心愿存在着。

也许，

世上什么也没有，

请相信一个蚂蚁的力量。

你走你的，

你尽管按着初衷走你的，

你接受到的，

你认知到的，

你传授出去，

只要是爱，

那就是幸福。

一边走一边在倾听一个声音，

这个声音有些苍老，

好像发生很久了，

他在派曹雪芹的不是，

虽然好笑，

却也能为遗憾圆梦。

他说，

贾母没有给深爱着的林黛玉和贾宝玉做主，

是因为林黛玉身子单薄性格脆弱不能担起荣国府内当家的责任，

他还幼稚地说，

可以给贾兰娶一个另一种的王熙凤打理家业做内务大总管……

我没有笑，

我没法笑，

四百年以后的人为四百年以前的人慨叹，

心里埋藏着的是怎样的遗憾呀？

岂不知，这种沉重心结是在分担着叫作历史的一种遗憾……

我的心脏几乎在一瞬间凝滞跳动，

不得不在贾宝玉科举考试的“龙口”处停住脚步，

贾兰回荣国府报的信不假，

我也看见了，

宝玉正向“龙口”走来，

人流熙攘，

宝玉夹带人流之中，

活活被挤出红尘，

贾宝玉被挤丢了……

再想见他一面，

追逐贾政的那条大船，

贾宝玉光头光脚披了红衣袍跪伏着给贾政磕头，感谢养育之恩。

贾宝玉随一僧一道遁入空门……

确实，

要怪，

只能怪曹雪芹了！

清算历史旧账，
想为自己的行程减些行囊吗？
想赞美一下自己向史前挺进的智者行为吗？
还是一种变相的怀旧？
说不清啊！

氤氲着，
被沉淀在心底的悲欢离合冷暖炎凉氤氲着。
往前走，
再往前走，
越远越淡薄，
越远越清醒。
不究身边情貌，
不做原腔原调的梦中人，
如果，
如果这一遭远行，
能从太阳底下找出点新鲜事，
传递出，
那么一丝一缕，
非僧非道，

又是僧是道，

历经一次洗礼，

无灾无难，

自由自在自圆其说自行其道的幸福密码，

这一次远行值得。

去找柯布西耶，

找到柯布西耶，

在那座紫褐色的山上，

建一座殿堂……

三十九

妹夫送的专有手机响了。

他说，他回去看了，他决定先不回去了。

“为啥？”

他还说，姐姐毅然决然地向史前进发，安全太平，智慧。往前走吧，甭多添犹豫彷徨……

我怀疑我依然在梦里，白天夜里，走还是停，我随时进入梦乡。

突然，想家了。那个小小的四合院，那些老的少的几代人，那些用爱做尿布的一群人，无意间把爱输进我的血管，才让我至今刚刚幼稚园毕业，充满无尽的幻想，充满了信心。应该让每一个人都知道，这就是最好的教育，幼时儿时被爱包裹，一辈子两辈子都会自信。

我在梦中。
我不再多想。
我加快了脚步。
我依然做着梦，
做着梦写着诗前行。

今天的泪水掉在昨天的襁褓里，
那个四合小院落清晰而朦胧。
那些面庞和神情，
不经意间，
把爱的重量放在我无法拒绝的路上。
我想用美，不，用唯美让他们认识骄傲。
他们不知道，
他们无法知道，
他们只知道让我快乐，让我快乐，让我永远像生活在四合院里一样孩子般活着。

我的努力已经超出了他们的期望更超出了我的想象，

只是，我没有走出蛾子的世界，

尽管我冲出了茧洞，

两翼充血，

像帝王蛾一样上下翻飞，

可是，

我没能来得及或者说他们没来得及让我带给他们应该有的慰藉。

那个小小的四合院落，

那些老老少少的不经意的爱，

为我赢来永远不落的阳光，

——爱幻化的自信。

——爱染成的爱。

让我就这样一直望着窗外，

细数着“羊”的和没“羊”的名儿和脸……

那些老老少少的给我种植的爱，

晕染成光芒四射的光，

让我重拾孩童时光，

记挂着，记挂着，

唯独，

忘了，或者永远忘记着我会不会“羊”。

那个小小的四合院，

那些老老少少的面庞，

用不经意从心里流出的爱换回了我一辈子的自信。

不知怎么，

我流泪了，

很想念，

那个四合院，

那些面庞。

狼嗥鬼叫的声音把我从梦中惊醒，

只有声音，

不见虎豹。

眼前林木蔽日，

只能凭借着熟悉的记忆找太阳。

不能分辨，

也不能推理，

所有的知识学问经验都失去作用。

这是多少年前的东西？

这个所在距今多少年形成多少年?

五千年，八千年，一万年，一亿年?

没有人相信梦境，

人类开辟的记载和未开辟的存在而且更加有实际意义的存在哪个多哪个少?

这是很有意思也很有意义的命题。

迷失，

走失?

不知道，

只记得，

我是从一车上走下来，

我想找到树木遮挡遮蔽方便解决问题，

进来后一个洞洞引起了我的好奇，

我警告自己去看看那个洞洞立刻出去，

不然，走不出去。

走不出去——

狼、虎、豹吃了我……

好，看看就出去。

往上爬一节路，

那个洞近了，

拽了一枝根，往上攀，

那个洞又近了……

一棵一棵的树的根部离得好近，

根本顾不上抬头，

抬头也没用，

看不到天。

好干净，

好宁静，

好幽深，

没有杂质，没有杂音，没有，无法有，无法有任何一丝杂念。

只感觉暗淡，

光开始暗淡。

提醒自己，

开始提醒自己，

正在提醒自己，

出去，

走出去，

快些走出去。

如果走不出去，

被野狼吃掉，吃掉！

走得很坚决，

开始往外走，

越走越陌生，

越走越迷茫。

只是觉得，

这里一切都好，

恐怖感还停留在语词和经验的状态。

如果，

有吃的，

如果，

不被狼吃，

如果……

这里，

是理想的王国，

我是领主。

无灾无难，

无争无夺，

无悲无喜无忧无恐……

影影绰绰的，

一丝带颜色的稀薄又稀薄的云毫无依托的情况下

飘动了一下，

在林间，

在心中，

在昨天，

在史前？

温馨柔和，

好像一个高雅又深沉又有魅力的怀抱慢慢地收拢，

宽阔博大，

宁静自由无忧合情合理，

灵魂在一个飘忽的神仙温床上……

是不是，

狼叫虎啸了，

在这样的时空里沉入梦中，

在这样的时空里经营着没有经验没有体验支撑的世界，

梦，多少钱一两，

多少钱一斤，

哪个富豪支付得了？

哪个公主享受得了？

毫无避讳，

毫无顾忌，

毫无惧色，

毫无卑微之心，

毫无……

我睡得酣畅淋漓。

泪水滴成的河，

让我在林梢漂泊，

山雀搭窝，

百灵唱歌。

——我的血，湿透了这诡异的神农架。

我躺在神农架起源之时，

足足一亿年？

无灾无难，

救苦救难！

“当、当”

钟声。

鼓凸的后脑，

手中的锤……

紫褐血色的山，

遥远的朗香堂，

扶着单边眼镜的柯布西耶，

你们在那紫褐色的山顶上敲钟吗？

太阳还没出来，

好早，

你们把我从梦中唤醒，

我知道，

天生不该懒惰，

梦中不能片刻地偷闲，

梦中不允片刻地偷欢……

“当、当、当”

紫褐色的山上，

还是朗香堂，

这钟声？

救灾救难，

无灾无难，

我才能片刻，

偷闲，

偷欢……

四十

我被吓着了，

我在神农架盘伏着。

窸窸窣窣的声音，

不是幻听，

一条粗蟒蛇，

和枯草模样无明显区别的蟒蛇……

不是幻觉，

一个七八岁的小女孩，

手里握着几枝小野花，

就站在离蟒蛇不远的地方，

她看见蟒蛇了？

蟒蛇看见她了？

我只有惶恐。

可怜的小女孩！

应该不是幻听，

也不是幻觉。

蟒蛇继续窸窸窣窣地前行，

小女孩望着面前的一丛花眼角处有笑。

蟒蛇要去蟒蛇想去的地方，

小女孩去采她要采摘的花，

似幻似真的我徒遭恐伤，

在神农架那个不眠之夜，

我流了很多眼泪，

但是，

我没遭狼群虎豹的袭击。

无灾无难，

不知谁，

为我消灾解难？

冥冥中，

我知道了，

为什么无灾无难，

冥冥中，

似乎晓得了如何消灾解难。

我是骑在一只鸟的背上飞出来的，

我是做着梦告别神农架的。

我好像对自己说了一句这样的话，

梦幻酣卧一次神农架，

挺进史前一亿年，

结束点什么？

有只鹰在头上飞过，

把一摊屎撒在我的头上，

不论有没有资格，

它们是在笑我，

笑我的虚妄，

笑我不懂事，

笑我无法认知强认知，

笑我欲行好事苦作舟，

笑我不解其意云作梯。

追随着鹰的尾翼，

仰痛了脖颈，

低下头，

才见那鹰甩下一幅书法作品：

“学海无涯勤是岸，

云程有路志为梯。”

读之赏之，

用心作笔，

删去了两个字——一曰勤，一曰志，

添字添词无心，

茫然四顾，

一时无言。

贾政大船眼前驶过，

贾宝玉光头足拜叩而去，

天地间白茫茫一片。

救灾解难，

无灾无难。

“当、当”

钟声，

鼓凸的后脑，

顶天立地的巨石，

抡起放不下的大锤，

穿越紫褐色山洞的桑志华，

还有那个鸟居龙居，

一起挤进梦里，

我应该是看见了，

很清楚。

但是，

深呼吸数次，

一切相，

在相，

不在相，

统统淡去，

无呼无唤。

在呼在唤，

听得见，

听不见，

一切皆无，

一切皆有。

四十一

我的鞋被水湿透了，

没有不往前走的念头。

沿着溪水，

看一看金鞭岩哦……

我没有利斧，

也没练好本领，
当然，我的母亲也没有被压在山脚，
因为她没有触犯天条。
可是，
固执的潜意识，
让我固执地以为，
那座三百多米的山底下有一位母亲。

三亿多年，
海陆交界呀！
数千万年的沉积，五百多米石英砂岩，
用手触碰触摸一下，
如何的坚硬？
我不是想游览风景，
但我的眼睛足足扫过几千座山峰。
拔地而起，
柱形山体，
冲天而去，
上面建有房屋，
仰头碰天吗？
那样的一种居住，

定会无毒无菌畅快生存吗?

如果柯布西耶约上约翰·伯格同时到此一游?

三千多座山峰,

哪一座峰顶建殿堂,

哪一段幽谷设一文学会馆,

迤逦于鸟语花香之中,

哦,

哦……

无灾无难,

消灾降福消灾解难。

在最实际的问题面前求证一下吗?

此刻,

我在哪里?

我在哪个时段?

三亿年前?

两千万年前?

此刻,

我在有纪元的年代,

我在有纪元的现代；

不，

我在没有纪元的史前，

五六千年以前，

二千五万年以前，

三亿年以前……

“当、当”

钟声在响，

紫褐色的山涌起，

呼唤，

不停息，

我知道，

这种呼唤，

对我的呼唤，

不会停止。

我不想让这种呼唤消失，

我想把亿万年前的石英石移过去，

我想借用金鞭赶去武陵源的峰林，

我想让这穿行峰峦幽谷迤逦延伸于鸟语花香之中的水流绕过一片又一片的土地，

我想让居民都如狼群虎豹一般散居神农架里，
我想让那些善于高瞻远瞩的人，
分散居于张家界柱形的山顶上……
下意识地，
吹了一口气，
甩了一下住持手中的蝇甩，
无灾无难，
消灾降福解灾解难……

四十二

应该离开金鞭溪了，
太阳柔婉地与溪水，
与沿着溪水矗立的故事，
与那些无金石之色的花纠缠着……

其实，
心里话，
早些走出金鞭溪，
不必留恋张家界，

三千多座山峰形成日久，
也没必要去考究那石英石的来历。

加快了脚步，
前面孤零零走着的人，
是沉香？
不必一次又一次一遍又一遍地营造幻象，
假如他是沉香，
他的手上可有利斧？
他可能为我劈山救母？
确实，
我的母亲不该走得这么早，
不该这样走？
也许，
应该是他，
也许，
他能实现这个夙愿？
毫无道理，
我却坚信不疑！

我发现他在那山脚下徘徊，

他手中无剑，
只是对着山口冥想。
我想问他，
你想干啥？
想把压在山下的母亲救出来吗？
我知道，
他并没有看见我，
我赶紧躲开，
走进溪水里，
踩着石头绕过去。
其实，
我想见到他，
有几句话问，
当面说说清楚，
让我明白世间的事端。
可是，
我毅然决然地往前走，
决计不见，
也就是，
这一生不见了。

淅淅沥沥地，

下起了雨。

雨中夜走金鞭溪，

留下了很深的印象。

我问自己，

为什么，

不约他同走？

这是永远说不清楚的问题。

有人影射，

说他人品不好，

出身门第不决定人品。

可是，

确也有萦绕不去的疑团。

真诚的状态，

文字的唯美，

都无法否定。

应该是我生命中的一次特别的遇见。

我转身，

朝沉香救母的那座山走，

也许他还在。

也许他已经离开。
心里一阵阵的悔痛，
我已经认定，
他就是那个魔星。

四十三

不停地往前走，
是为了写作？
写作了，
就得不停地往前走？

一个人无法不狭隘，
因为活得假的人可怕。

“别把鸟巢筑在我的梦里，
雪后的黎明太冷，
挂满冰柱的树枝太凄清。

别用荼蘼花作诗冢，

奇巧的梦幻太朦胧，

有人物对话的诗是林黛玉的哭声。”

突然间，我睁开惺忪的睡眼，坐在金鞭溪边，写下了那些话。说给谁听？说给自己还是说给别人？

哑然失笑。

我从不怀疑世上有奇迹，

我也从不相信世上有奇迹。

但是，

那个用肉皮包了炸死火狐狸的人是谁？

那个手上没有板斧却要为我劈山救母的人是谁？

没见过，

但我认识的。

世上，

有这种人，

世上，

有这个人。

有些人有些事有时候不容你弄明白。

所以，

我总觉得，你没见过的是存在的，

见过的反倒无法存在或者说根本不存在。

世界进入了无比奇妙的状态。

无法交流，

不好交流，

人们习惯用介质交流，

比如，要用商业性很强的视频号来向自己之外的人表达心底的想法，

近在咫尺，

面对面，

也不通过喉腔发音传达字符……

不要说见到了谁没见到谁，

张家界的顶天柱一样的互不连缀的山峰，

刹那间黑云翻墨，妖风肆虐的天相，

你无法分辨什么是存在什么是不存在。

我不该去问，这种柱体的山缝里生没生长着一种叫“地衣”叫“苔藓”的植物，

这种植物可以在非常严峻的情况下收留一枚种子，

让这枚种子，

也像生命该有的样子诠释生命的美好。

难于诠释，

难于诠释！

四十四

法国那个博物学家突然哭了。

在梦里，

我问他，发生了什么事?

他说，想家了。

桑志华！

我并没喊出声。

我想安慰他，

我想说，那就回法国去。

可我觉得没必要，

黑暗带着泪水，

没有三头六臂，

谁也安慰不了谁。

能安慰人的人，

至少，

我还没遇见！

顿时，
张家界狂风大作，
黑龙腾云驾雾，
柱体式的三千多座山不见了峰顶，
所谓妖魔鬼怪空山作乱，
云团闪缝处有几张书法作业展卷，
本想扬手扯过一张，
那是读不懂的经书。
我寻找着桑志华，
这个不熟悉环境的博物学家，
对华夏民族古老的文化没有嚼通，
一旦被白骨精掠去，
悟空不在，
可如何了得！
摸出一支笔，
学习师父的样子，
画道经符，
胡乱诌几句咒语，
把他召回安全地带。

有时候，

苦痛并不算苦痛。

我的血液，

还在殷红的土地上流淌。

云并不能补纳，

月光永远做不了经书哦，

我知道，

也许，泪水确实打湿了天空，

我不是诗人，

我劝你，

不必以渴望涂抹尚未升起的太阳。

——我不怀疑游吟的狄兰·托马斯，

我相信人的创造力，

但是，我知道黑暗带着泪水，

我为潇湘妃子惋惜，

她脆弱，

以至于不可品尝。

这哪里是咒符，

黑云缝里飘下来一团字纸。

谁人写给谁人，

风沙眯得眼睛生疼，

来不及辨清，

来不及思考。

四十五

出发，

唯一的正确。

脚下的一切都让我感到陌生，

当然，还很不够。

我知道，那种我要的状态，如果找到了，我心会做出最直接的反应。

浑身疼痛，

发烧，

没力气，

就地倒下才好。

无智，

无欲，

怎样解释这些概念?

片刻的思考，

重回不辨真伪，

不辨是非的状态，

我依然前行。

那个小猎人，

此刻，

他在哪里?

其实，你不可能迷失方向，

你不会脱离地球。

现在的我，

依然立在地球上。

我知道，我没有什么快乐。

可是，我在寻找，

寻找一个大海，

我在寻找一个大海，

其实，

大海教我找苦难。

也许，

我是一个新入教者，

我以源于女人特有的热力，

缝一个谎言在轻信里。

所以，

微风中的想象让我变得美丽。

我想寻找一个大海，

你是教唆者，

认识的人都是教唆者，

他们都先被人教会找苦难。

——寻找一个大海，

寻找一个可以躺浮的大海。

四十六

我知道，

该去的地方无法改变。

有一种黑暗无法忘却也无法不去触及，

黎明前的黑暗。

这是一个早醒的梦，

我听到了钟声，

而且我站在了那顶天立地的巨石前，

那个挥锤敲击雕刻的后脑颜色变淡。

巨石上无字，

一个字不见。

“否定印证着否定。”

雕刻者用比雕刻还长的时间抚平了所有的痕迹，

也许，

没有人知道为什么，

也许，

一切都是神的旨意。

——“当、当、当”

我在梦里听到的钟声，

竟充斥着大提琴的低沉。

其实，

倒不是对大提琴的向往，

我始终想见一见那个人，

设计朗香堂的柯布西耶，

如果可以的话，
看看他脑髓的沟回，
能够移植，
能够复制的话，
我想成为一个试验品，
了解朗香堂的构思过程……
此刻，
眼前有图。
那座紫褐色山上的殿堂的图，
伸出手去，
捞一支笔，
勾勒成形，
那张图。

我固执地认为，
那座山本来就是一座殿堂，
一座紫褐色的殿堂，
如果说，
秦始皇陵也可以视为一座殿堂的话，
那么，
这一座紫褐色的殿堂担负的使命是任何一个帝王

无法比拟的。

“爱着而又困惑。”

“爱和困惑像一个垂死的人。”

“设想着美好的事情，尽管当春天来时，仍只能是冬天。”

有一天，
这里的钟声响起，
这是生命对生命的认知，
包括那长长的骷髅从墓穴中的翻动，
血液还在奔流，
我逼着时间在我需要时凝固，
——我说，
可以做一场梦，
人中的佼佼者，
请大胆地出来做梦，
当然，
不要播下欲望的流言，
不要借鸟的羽翼播散任何淫邪的消息。
我们可以裸体在沙漠上行走，
可以像童真的幼子拨弄自己的生殖器，

不是向什么人，

不是向什么空间，

帅气地笑出声……

此刻，

草地上蝗虫爬过，

横扫一切不干净的词语，

需要一个人，

需要一个种族，

需要呼吸着的生灵，

成为新的文盲，

压根儿不认识不干净的词语，

关于淫邪，

关于偏私，

关于利欲，

连瘠薄土壤都不会为它们准备。

梦做得太久，

梦做得太深沉，

梦做得太绚烂，

以至于在 6.8 公里的溪水域里滋生出无边的幻想。

众神爱着，

仰慕着，

——以至于无边地凝望。

我一个人在溪边走着，

陪伴者无声地在溪边走着，

好多的人，

有形无形的人影，

连一棵叫不出名的小草，

叫不出名的小花，

都在走……

陪伴谁?

谁陪伴谁?

谁想陪伴谁?

谁能陪伴谁?

也许，

亡灵也接到了消息，

和生灵一起，

寻找着有水有花的地方，

跟随着鸟的叫声，

什么也不跟随，

生命的深处，

有一种驱动力，
向光，
向美，
向爱……
过于柔美，
过于温馨，
过于黏稠，
生灵们聚成梦的岛屿。

四十七

很快，我也会老，像你一样爱过又失去。
当然，我没想到你会在这里挡住我的去路。
因为一世也或许多世的缘分，
有很多东西没有死去。
我知道，
今天，挡住我去路的你，
不是要谈说死亡之谜，
不是说你不像我啃了很多书本，
而是，你日复一日地，

用寂寞和苦难穿过空空的波浪之后，
你只说你自己的话，
差不多已生死体验过，
你不信其他什么，
你只在提醒我们，
什么该做，什么不该做。

我知道，
我确实做不到，
无视你的存在，
虽然，这一次相见不想诉说依恋和想念，
也无法将使命在身我要赶路的话说出口，
只是我说不清楚，
但我确定我不是从伤口中流出。

你留我在海边坐下，
很久，
没有说话。
但是，
我知道你有话要说，
一时找不到茬口。

海鸥鸟追逐着轮船，
编着花阵飞行。
突然，
你像个诗人一样，
一连串问了好多话，
稍后，我做了整理，
包括我的回答，
都不是我们自己的话。
想不出这曾贴过我耳朵的声音是从哪里飞来的，
但我敢确定，
也许是什么人的诗句。
“你找到了什么？”
你好像哭了，
“你寻找的又是什么？”
我的心流了眼泪，
望着你，
我始终微笑着，
也不知心里的回答你听到没有？
我找到的，
母亲，正是你寻找的。
望着我，

望着她，

我们彼此望着。

四十八

荒野里，

见一墓碑，像是新立。

一个中年女人，

与墓碑相对，

面色戚然。

已故丈夫尸骨埋在墓碑下？

女人脸上的哀伤和悲凉是另一种的。

似乎与焚烧诗稿的黛玉有相似状，

诀别的愤怒里的不留余地使凄苦里没有卑微。

一股冷意能刺透别人的心。

出于本能，

倒退几步望她。

恍惚间，

见她向墓碑靠近，

从斜挎包里扯出一把刀来，

刀薄而宽，

不像是自杀。

跟随她的目光，

我看清了碑下面的几个残余的字：

月亮鸟的光焰……

熟悉的文字，

不陌生的面庞……

梦幻泡影一般的图景，

只听得一阵摩擦磨磋的声音，

那个女人想把碑文上的字磨去，磨平……

突然，狂风大作，

昏天黑地，

我被一股黑色的旋风裹到空中。

此刻，

一个握剑的男人疾步而来，

像是在阻止那女人磨磋碑文的举动。

见了男人的女人突然号啕痛哭，

把又宽又薄的刀甩出老远，

随即烧纸祭奠祭祀祭哭起来。

“燕麦埋藏的棺木，

我不想再赞美它。”

“留在心中的一座殿堂，没有人能将它推倒，血液铸成的碑文血液也难以清洗……”

壮士一般的男人操剑舞动拳脚，

那块墓碑贴地裂开，

任何嘲讽都无法触及分裂的一种爱意，

那块墓碑完好无缺地飞到壮士的背上。

好奇，

不懂得的一种懂得，

我也尾随着壮士飘飞，

直奔长江的小三峡，

见他将那墓碑放置在微绿的江水中的一块粘满粉色花朵的岛石上，

我迅速地躲进徐徐开来的乌篷船里，

见林黛玉正在那岛石上将粉色花树扶正，

掩埋着落花低声吟唱新诗：

“花谢花飞花满天，红消香断有谁怜？”

“愁绪满怀无释处，手把花锄出绣帘。”

……

墓碑，壮士为黛玉而立？

欲磨去碑文者该是宝钗？

难道是风的预言者不成？

我随乌篷船沿江荡去，

那壮士不曾见我容颜，

我要赶路，

不要误了事情，

至于预言之事已失好奇之心，

小三峡一别也就是了。

四十九

一片广袤的土地，

也有不被分割的分割。

一群人分布于被风吹拂的一些茅草之间，

有成群成伙的，

也有散乱的孤影独形，

播种还是收割？

采集还是烧荒?

无法判别，

也不必判别。

状态自然真实，

有兽类的躯体，

也有精神的书写。

性别年岁体态形貌无法描画细腻也没必要工笔，

那是一群自由的人。

如果我是一株禾苗，

我只是想改变我存在的土壤，

我无法改变我自己，

我无法长成别的东西，

如果改变不了土壤和背景，

我更无法长成我自己。

放心，

想长成地道的自己，

湖水的声音无法模拟浪涛的翻腾，

任何一个生命，

无论他怎样地悬坠枝头下想倾听风的琴声，

都无法在你内心轰鸣时轰鸣。

无法成为他人，

也无法成为自己，

只是那里有接近存在的土壤，

只是那里有可以使你能作改变从此柔顺地存在而已。

在我的左侧，

好像有一树屋。

我向那里移动脚步，

停止向前，

休整几日。

把脑子里的想法记录下来，

传给桑志华，

托他保存，

他的新植物博物馆开馆典礼时，

合他意愿，

又有可保存的空间……

在我发笑之前，

我听到了你的嗤笑，

“跳下去吧！”

我不知道这是不是撒旦的声音，

我没有望见耶路撒冷全城，

我没有跳，

也已没有了恨。

我只是想快些写下这几行字：

如果一个作家的作品所涉及的人物事物，如果一个文学言论家言说的内容所涉及的人物事情状貌与明天与未来所发生的相似相像或者一模一样……

那么，这部作品的意义价值——伟大；

那么，这个作家的意义形象——伟大。

对吧？

五十

很久没有生出惭怍之心了，

很久没有眼泪在心根处萌发。

虽然，总觉得物体表面有不光滑之处，

虽然，总觉得会有一种智慧和能力不被淹没在阳光中，

虽然，总觉得可以去发现去证明伟大的预想永远像星星一样闪烁绿色的光，

可我已经感觉到语言的愚蠢和肢体的瘫软之状。

也许，

无法推理，

无法证明，

历史没必要去接受一次又一次的审判和证明，

存在中的强弱里有时不给受伤的头颅祈求怜悯的机会。

是什么力量给我以动力，

让我产生根本没有必要的认证推理的热情？

太阳落下后会有月亮，

用不着任何人描摹任何人来阐述。

无意中，

差不多自己要打败自己的时候，

不经意间，

放慢脚步停息思考，

困守于这个木屋里，

给没有受伤的自己涂抹红药油，

为明天的伤口消毒检疫……

我放下提问的手臂，

跟木屋里的蚂蚁小作对语，

想让它们判别一下我内心的想法是来自无知还是来自狂妄？

软弱的念头产生之前，

便是想瞬间遗忘时的恐怖，

从来没生出过跟踪狐狸的念头，

突然想起那位小猎人，

他为何用包了肉皮的炸子去炸火狐狸？

我要通往的是傻瓜的天堂吗？

梦里，

有个人在肆意嘲讽，

为何，难道他只为在天鹅之翼上玩耍？

我并未去印证一只狐狸的凹陷处一定盛产傻瓜，

早就没有念头要在通往善恶的路上去结新的伙伴，

我是迟行者，

如从前的窗外的那棵梓树，

总是在绽放之后才绽放的梓树，

季节里的迟行者。

是梦，

不，还醒着。

总是醒着的时候做梦。

很清晰，

西向斜侧，

柳树枝头酿出鹅黄，

娇美羞涩之状，

展示着春天的姿容。

窗前的这棵梓树，

皴裂着棕褐色的躯干依然不入眼，

没有丝毫的柔软，坏人的心情。

也就是了，

那比肩的五角枫，

舒展新叶又簇放米粒般的黄花，

毫无放诞之浅薄，

从绣窗一闪容颜的名媛气质，

韵在骨子里的雅秀，

不得不让那棵梓树现出干枯粗糙鄙憨之状……

没办法，没有蕊花绽露，

没有叶的卷舒之痕，

对，没有一丝绿意。

也就是了，

自然界里，

不存在挤对的故意。

都怪晓风过于柔和过于多情，

就在它的身后，

梓树背部是有序有致的木栅，

木栅后面的山桃花猝然开放，

粉，白，粉白，白粉，

红，红粉，粉红，深红，浅红……

林黛玉笔下的杏花美雅艳丽，

难免让赏花者挑选出一组贬斥的言辞，

浮浅，轻佻，

装点春天的桃杏春花要染不白之冤。

这时，

那棵梓树，

突然伸展臂膀，绽露几枚绿，

它将深厚的褐色和沉入水底般的石青色的霭状美态印在那大片大片的桃之花瓣上，

浅艳之间有了神韵，

棕褐色就那样以悬而未悬动而未动之状和妖冶妩媚融在一起……

齐白石，钱瘦铁，悄悄地离开了这幅画作。

这个似梦非梦的瞬间，
让你忘却苦楚，
不再低沉无措。

五十一

迂回不前，
进止不定。
夜里入梦，
不知把脑袋搁在了什么上面？
缺少自知时，
算不算一种自信？
哪怕盲目！

鞭炮声连成一片，
孙子说米糖甜，
奶奶说米糖的故事美。
奶奶辞了灶王，

托这位家神上天言好事，回宫降吉祥；
小儿说明年再吃到别一样的米糖，
鞭炮也更多更响。
不用多说，
我并没有离开那么多过小年的人。
也许，
我没走出多远，
一切都还在身边，
一切还回环于脑际。

哪儿是前面？
前面还有多远？
我让我认识的不认识的人，
更如愿，
更芬芳。
如果不用背井离乡，
不用颠沛流离，
不用悬起心肺，
也能远离疫疠，
像生灵该有的那样，
脱离肮脏和绊索，

我如我心里描摹的那样，

躺在飞荡出去的月光里。

现在，开始大量地死人了，

死者里有我认识的，

别想去抓住空气中飘浮的死者，

忘掉自己为自己投下的一道一道的暗影，

也忘掉什么与你有关也无关的为了什么有目的无目的而为你投下的暗影，

也许，

这活的世界里灾疫的土壤和背景的阴暗，

让我总是到那个岛屿上去，

想去看看莫黛尔的发明，

在那部特殊的机器上，

看到我该看到的一群永生永存的男女，

联想到我该联想到的那些总是想相携散步的悲哀的鬼魂。

我孤独，

然而，

我不抱怨月亮，

也不抱怨星星，

只是想问一问阿根廷的那位比奥伊·卡萨雷斯，

当时，

他是如何想到了那座被遗弃的岛屿？

可不可以认定他为遗留在荒岛上那位唯一的野人？

我能不能落在月亮的岸上，

想知道到底有没有在云层中拒绝而又倾听我全部心声的鬼魂，

眼泪从眼眶里滴落下来，

有什么光能照亮我的恐惧，

让我不再是那位怯懦的孩子，

让我少些不自量力，

掀翻我身上所有的使命，

在海的天堂里大声地哭出来，

让我自身头颅发出的光驱散我与生俱来的恐怖，

让我学会去爱。

此时，

我希望遇见青面獠牙的盗贼，

非常野蛮地将我掠去，

阻止我根本没有想象之光或者说压根儿不存在的出路，

让我只看到光的狂欢，

让我看见疯狂的野兽，

将我出生前就携带的可鄙的想象统统扫进深渊。

让我傻瓜似的看到一双胳臂一双手，听到一缕粗重的呼吸，

我不需要神经叠着神经，

我不需要耶稣，

也不必在冰雹与火焰里寻找灵魂，

让我相信，我没有灵魂。

五十二

其实，

你的心和你的躯体现象不够统一，

我一直想走出嘈杂走进宁静，

可我有一颗沉思的心，

在梦境里正制造着嘈杂。

一个没有病的精神病患者，

是猎奇还是在炫新思想新概念，

总是想扯几片不入眼的叶子垫在自己的脚下，

明知这不能垫高自己，
却要扯几句没必要的闲嗑，
一个不屑于制造陷阱的人，
煽情的修辞也是美妙的真实，
可总被人提防着以至于怀疑它的真实性。

我知道，
不是为了与树木交朋友，
不为释放言辞的重量。
我应结束小屋里与智者的交谈，
赶紧上路。
突然看见，
一个中年女人，
不，还接近青年，
她的空白处应该有个正在走来的孩子，
这女人黑色的外衣里面是件粉色的衫，
不俗不雅，
有头有心的真实人。
她另有所图，
可能走错了屋，
她不认识或不知道这个空间跟我的关系。

没有恐怖氛围，

也没有想与其交谈的悲哀，

只是发现，她的灵魂和我的灵魂一样在孤独中。

我没去想她是谁，

为何来到这里，

也许，她把这里当作海的坟墓，

我不必猜想，

她也没有嘲笑。

我们都在各自的世界里海啸、地震。

那部灵界的手机响起来，

妹夫的声音比过去更加沉稳。

他说，他想了很久，

生活既已被毁灭，

就不需要再重建，

他说，他在深深坟墓里在说不出的恐惧中哭泣了一回，

决定不再返阳，

匆匆就会转完一个轮回，

还要再生死离别演绎一番，

不要去建造一座金帛般的大厦，

也不要再为哭过苦过若干年华的亲人补做一顿大餐。

他说，前几天妻儿上坟的哭声憔悴了他的心，

重温了亲情说不定哪个瞬间又要生离死别。

……

我听见了妹夫吞咽泪水的声音，

他说，如果我遇上过不去的坎可以告诉他，

他想办法分担。

他说，既然你已经决定要去史前，

既已出发，就往前走吧！

不必回走了。

虽然人间户口没消，

应该如我，

也是回不去的人了。

到底是死过一回的人了，

愈发地通透。

往前走了，

往前走确实有了充要条件。

只是一路上梦境不断，

阴阳不分，生死不辨，
站着做梦，
走着做梦。
妹妹去了花店，
她买的是紫色木樨花，
灰暗色的玻璃花瓶，
都是我喜欢的样子，
死人，活人，她都为之想得周到，
其实，我已说了一声，真好看，我喜欢。
但我唯独没有说到妹夫和妹夫的决定。
继续，
我继续沿着虚无飘浮，
是谁引导了我，
甚至教会了我筛选象征来表达虚无，
只是一次又一次地看见有生物在为太阳举行葬礼，
还听到“昆虫说世界正在凋敝”。
我坚定了信心，
也加快了脚步，
向着史前行走，
用不着回桑志华，
至于他的博物馆，

我说不上话，

也参加不了天空的会议，

干脆放弃要在他的博物馆陈列点儿什么的念头……

五十三

夜深沉以后，

天边一隅突然现出一轮太阳。

照亮了一隅灵魂，

洞见了无边的潜能。

回头一瞥，

曾经住的树屋茅草棚的墙壁上，

泛起一片辉煌。

哦，

命运之神哟，

你不必牵我的手，

我已经看到，

灵性在那里闪烁，

已经，已经欣然前往，已经淡然前行。

不必幻求幻想，

或许，

不存在什么雍容娴雅，

不必冥想血统高贵，

生命不该负载生命之外的东西。

今天，暗夜竟然主宰太阳，

却原来，

“光明与黑暗绝非敌人。”

今夜的太阳，照亮了坟墓和阴冷的群星，

今夜的太阳，让所有的生命洞见了自己的明天。

夜里的太阳淡出了意念，

桑志华，不是陌生的水手，

我没有拒绝他和我同行。

我说我要一个人待一会儿，

我手里这块陨石我该把它放在哪里？

桑志华虽没在一瞬间说出一句忠实的诺言，

他和我，我和他并不存在任何承诺，

即使我心里不缺少承诺，

即使不疫疠猖獗尸骨无处安放，

我也无法找到可以承载诺言的死亡。

我蹲下来，

地上只有蚂蚁。

盯着一只蚂蚁，

足足一小时零一分钟，

忍不住，

眼泪让眼皮动了一下。

我还不习惯，

睫毛不该湿。

一时间，

我不知如何让太阳和月亮兑换名字，

更不知季节是怎样在绞刑架上变了模样？

严寒三九天不下雪，

却骤降细雨。

疫疠猖獗，

天降妖孽吗？

乱了修辞，

谈不上章法，倒是有固定语种的诗句扭拧着我的脑袋。

见到桑志华之前，

我一定成文，

让他确信汉语足以和他们法语媲美：

“塞北小城雪，

长作经时别。

昔为梨绽蕊，

今来雨杏花。”

哪里知道，

桑志华已是个老汉语了，

我没有读出诗的时候，

他已诌了不短的几行诗：

三九严寒花绽放，

那是宇宙间喷薄的芬芳。

梨树绽蕊，

牡丹倾城，

一种信任，

一种修行。

赏花顶露修，

见美园中藏。

一种信任，

一种修行。

有几个语词觉得熟悉，

他说那是他从我给他的微信内容上截改的几句话……

看来，

他是下了决心要同行的。

我的喉咙觉出了干渴。

我并不奢华，

总觉得血液循环着和语言进行着恒久的融合。

桑志华问我，

往前，

你想走多远？

我深深地呼吸一次，

吸吮着时光的汁液，

听者并没有觉出说者有任何的欺骗，

只要能走，

直到无法再走。

是晕倒还是风让我生出了一只液体的手，

我倒在一片茅草地上。

五十四

其实，

我知道，桑志华没有理由与我同行到史前，

当然，他也不是没有理由在地球上探险。

他的博物馆里到底种植怎样的一片森林，

他只能在自己的梦中听果实落下时的回声。

应该，

我们应该不用故意都明白，

谁都没必要故意向生命献歌。

灿烂的生命有属于生命本体的灿烂，

谁也没有从墓穴中拉出腐烂的热情。

爱是柔软的也是卑微的，

戳穿爱情的谎言，

让我们的眼球看到自己的灵魂在的确陌生的头颅间跳舞，

那是一种沉重一种愚蠢。

我想对桑志华说，

出发，向前，

对于我，是永远的理由。

只是，因为驰骋的心被零落的碎片碰疼了眼睛，

被燕麦埋下的那口棺木变成的子弹射疼了肩臂，

刚刚滋润的灵魂弄痛了鼻尖和眉毛，

风的预言把行程变成了零点，

不知为一棵花树而如何梳理梦中的庭院。

痛和迷茫和不舍的挣扎，

把被爱湿润的肌肉弄干了……

世上存活的遗憾没法缝补，

也许，

命悬一线的凄美只是什么叫不上诡计的俗念落入时间潮汐的爱者纵赏群花时的祭品。

我突然跟桑志华说，

我再也不敢奢望那几乎索名的子弹，

只是想告诉现在的我和什么其他的我，

世界上有永远存在的不可复制的遗憾，

这得有多厚的德行才能避免。

判断，辨别，

超自然的自珍，

还有与出身与修养有关的品位，

不，

与福德与福报有关的神的眷爱，

只是庆幸，

在众鸟的喧嚣中听到了一声珍贵的咳嗽，

在那片野生花园里，

看到了用音节一般的血液浇灌的荼蘼花，

还有那路边的失神……

桑志华望着我时那迷茫的眼神让我险些笑出声来，

我想告诉他，这是中国文化，难懂。

桑志华在草地上拔了一棵羊齿草给我，

无意用什么信息做标记塑造谁，

生命可以永远是自在的刺猬，

把爱看得高于生命时才可能产生囚禁生命的念头。

当然，我的内心有一个谁也不认识的拳头正在惩罚自己脚下的这一小片土地和只有自己才认识的脚印，

那脚印太珍贵，

我甚至想告诉桑志华这关于苛刻的罪过。

今天，我才发现，

成为这样一个未被审判的罪犯是多么高贵！

其实，桑志华明白了我，

他偏着头笑着对我说，

一种珍贵的东西，

如果能够分享，

让我也有一次时间的落泪吻我的睡眠。

本想调整一下自己的脚步，

告诉桑志华我刚才的梦境，

我在我母亲的坟前，

我和幽灵一起哭泣，

听着辨不清晰的絮絮不止的话语，

盯着一群鬼魂在雨中攀爬……

桑志华的笑声让我从云朵中醒过来时羞红了脸，

互望时，都说我们看见了天使。

不必问，

不必用滚热的脉管去编织挚爱的牢笼，

齿轮般咬合着的生命，

只有某个瞬间的纯真。

我怪怪的样子让桑志华惶恐，

我盯着桑志华的胸口，

眼睛在查找，

心脏的缝合处还留没留弹孔。

桑志华有灵性，

他说，爱的作用在于忏悔时的真诚。

扔了这话，

他笑着往前走。

五十五

当我从梦中醒来时，

“当、当”的钟声，

清晰悦耳。

桑志华听着这钟声进入了梦境，

他在梦境中看我的梦。

他不明白，

我为何拒绝将我的文字作品刻入耸入云空的巨石上。

我回答他，

我缺少勇气，

不敢再让赤裸的灵魂受劫，

没有足够的理由确信永垂不朽，

消失了就是消失了，

再寻找太阳应该没有必要没有意义。

桑志华那朦胧的眼神里有不尽的疑问。

为何改变了主意？

也许，

人们思维瞬间的改变，

会使世界变得干枯，

情人会变成僵尸。

我没说出来，

我在醒着的梦里保持沉默，

我只注意着大海的乳房，

人的肉体幻影中喷出的血液，

从坟墓里融成花朵。

桑志华摘了一枚蓝铃花，

上扬的不是求爱的眉毛和笑脸，

而是举起从内脏里直插出的一座山。

我正出神地望着他，

他从梦中醒来。

钟声重又飘荡，

他失神地望着远方，

我嗤笑他，

此时此刻此地，

他无法望见那紫褐色的山，

我们已经离开那座山很远。

他说他知道，

他说他在刚才的梦里见到了柯布西耶，

与他商讨了山顶教堂的设计图案，

还把他未来的博物馆也迁移填塞到这里。

……

我强压抑着没笑出声，

心想，这法国佬做了一件降低成本的事。

如果他能把梦里的想法变成现实，

我该如何谢他？

或者说，

我根本用不着谢他，

他不用费唇舌之苦就实现了他的一切愿望。

不必言说放弃挣扎放弃拥抱，

便在绿色的摇篮里抓住了海龟。

你无法明白我也无法了解，

我们的脏腑，

我们的大脑，

都在做着怎样的运动？

当我们没办法不变成尸体的面具时，

有什么办法躲避孤独？

五十六

天太黑。

不知道是不是黎明的信号。

我在野糜子地里走，

确切地说，

我看到了我自己，

我穿了黑色条纹的毛衫，

蜷缩着舒松地卧在我母亲的肚子里。

确定地说，

很成形，

我的灵魂很成形，

我有成形的灵魂，

别人能不能看见?

我很满意，

我的理想变成了现实。

我在妈妈的怀抱里，

我是活在母体中的童年，

幸福快乐又安全。

我在睡梦里，

你看见我酒窝的翕动吗?
可爱,
美。
并没有经受幻影的抽打。

离原点距离越来越远了。
我很专心,
速度越来越快了。
我听到海鸟和贝壳在我腋下的嘁嚓声,
你觉得几个人一起前行好?
一个人少,两个人多点……
我看了一眼妈妈的脸,
那神圣的脸,
晃在隐秘的黑暗中的脸庞。
这样很好,
我不去摸那古老的乳房,
但我却被柔软的爱和象牙黄的乳汁喂养,
这世界发生着各种各样的变化,
我知道又不想感知也不必去感知。
我的灵魂如一条蛇扭动着。
我枕在自己蜷曲着的臂弯里,

紧紧地攫住自己的希望。

如果谁想复活一块岩石，

什么生灵神秘而诡异地让一片血痕潜近我的面颊，

我知道，那是我明天的爱人，或许是一只飞落的苍鹰。

我对母亲说，

无论日月如何迫近，

你千万别把我生下来，

让我到你肚皮外去游荡。

前一世，我服从了你，让你抛到肚皮外，

我努力地骄傲地成长，

我被萋萋的绿草照亮，

我被人形的月亮养育。

除了呼吸，

我只有做事，

一边做事一边设想，

一边设想一边挑剔，

我陶土般的肉身，

拨弄着茅草，

鄙夷的目光裹着我的灵魂飘离我凡俗的情人。

忙碌和奔走，

杏仁和面包，

夺走了我描好的地图，

踏碎了我用存在的岁月里形成的智慧造就的属于我的世界。

狼叫狮子吼，

还有狐狸妩媚的神情，

睫毛眨动时的风吹灭了蜡烛，

悲伤趁机而入撕扯我的灵魂。

我知道，我听到的声音有两种，

一种是鸟的啼鸣，

一种是来自圣殿的钟声，

来丈量灵魂的围墙。

我明白，

要快些履行诺言，

把母亲给我的回报给母亲，

我捡拾着一根根兽骨，

描绘着一根根触须，

因为，

大海的涛声呼唤着要把我送回古老的坟墓。

我吻过了情人，

拜见了称得上圣贤的脑骨，

穿过樵民们熟知的灌木丛，

穿过了自称为领主的一排排棺木，

泪水盈盈时，

嘴角边闪过人的笑意，

安宁的有选择的微笑是我给您交来的证书，

我一下子躺在您的腹中，再也不想出生。

妈妈，你看，我的灵魂有形，我多乖！

五十七

一直不明白，

出生在英国的约翰·伯格，

后来为何一直生活在法国的小村庄，

或许，阿尔卑斯山脚下的风光，

不，应该是村庄中濒临消亡的传统山区生活方式让他着迷？

在我的心里，

除了柯布西耶这个超然的建筑艺术家，

这个约翰·伯格一直让我忘记不得。

如果能得柯布西耶灵光一闪，

紫褐色的红山顶上巍峨耸立一座圣殿，

我的愉悦，

我的幸福，

我们大家无灾无难，

祥云锦集，

贤能圣者往来其间，

灵性，

艺术滴雨飘雪时溢于其间……

想象无罪，

祈祷神圣。

太阳哦，

有缄默的美德，

人们争相为这美德献歌，

这歌拖着潮湿的礼物，

舞蹈着歌唱着飘过红色的山，抚过褐色的教堂，

祝福着成形的高贵的灵魂。

约翰·伯格引起我无限的思考，

描绘着从小村庄里浸润出来的传统的生活方式……

我会为那一副后脑，

为那不断挥起不断落下灰色的铁锤，

为那从未止息的雕刻之声行叩拜之礼！

虽然，

我早就拒绝了初衷，

不必把我的作品和与我的手有关的文字刻上去，

但我还是要播下羊齿草的种子，

不必哭喊，

爱情会把那奇妙的波儿涂满圣殿，

鼓点密集，

霜冻的爱的伤口在紫外线照射下被缝合，

踩着鼓点远去。

我知道，

我的语言让我浑身乏力，

可是，有些闪光的符号总是在黑暗中点燃灯盏，

像初恋一样永远不会忘记凝固的场景，

从来不去提防自己为自己或为什么人布下陷阱的森林。

如果桑志华在心根深处生出不再同行的念头，

我倒不用致歉不用婉言抚慰。

天还没亮，

我的心安然自得一片光亮。

不能说还有半步之遥，

或者说永远有半步之遥，

这已经不是很重要或者说没有研究价值的又一片积石冢，

宇宙间埋葬着永远有意义又永远不必在意的文物。

任何一次呕心沥血的所谓真谛只不过是满足了一孔之见一得之功的虚无见解。

也不存在开悟开智，

想到捉兔子就绝不去射老鹰，

人类刹那间灵性的飞腾都在珍惜之列，

很多时候，

人们无法主宰自己更无法主宰自己思维的波闪痕迹。

我放开放马的缰绳，

对于桑志华，

不存在等与不等，

我只需往前走。

五十八

我听到跳崖的声音，

我看到跳崖的身影，

重生？

强大？

不知道。

那宠溺的笑，那唇边上翘时的皱纹掩藏着的风流和稚美，

嗯，

涮去了淫荡清洗了人欲的浪漫之花在崖边绽放。

这是个特别的清晨。

一种听不见声音离开各种喧嚣，

温暖并激荡着发生疫疠的荒芜了的岛屿，

可以与游人相挤在那架机器旁去看那永生永存的男女。

这个清晨，

我没想到继续远行，

也并非被鞭炮声绊住，

只是臆想演绎着从遥远的旷野传来的残酷的甜蜜，

还有，存留心中那刻意的宁静。

应该说，

这是一个真实的幻觉，

是一个清晨，

令人不愿舍弃的清晨。

梦境里，

时间在祥和的洪荒画面上移浮，

刀耕火种，

把一颗种子撒在脚下，

用脚尖踩实盖在那枚种子上面的泥土，

很多人往前行进中间是拱坡有度的木犁。

那些上旋下转的带着粗糙花纹的陶器，

无法想象艺术的诞生。

现代人被艺术的概念囚禁在艺术的陶罐里。

不忍看一眼那穿着粗麻衣裳的女人把罐儿架在篝火上烧煮，

等一群粗脸黑汉相携归来用餐的场面。

“吃了没？”

白髯鼓肚腹的老者看着我大声地喊，

“你是哪个族氏？”

“姬水有熊氏！”

“肚饿吗？”

“饿！”

“来，吃！”

我端了青紫色的大碗，混在吃饭的人群中。

我是他们，他们是我，从心往外地舒松。

“丝一般柔和而又粗鲁的爱。”（选自狄兰·托马斯）

我知道，

这是我灵魂的家园，

陌生而不孤独。

一梦不醒，

我想交换些东西回去，

我把背着的物什往前一甩，

“能换多少盐？”

“想拿多少拿多少！”

“换一些盐，再换一些谷子，一些麻布，可行？”

“想拿多少拿多少！”

我不是做梦的我，

我是梦中的人，

我的记忆里装满了一句话，

“想拿多少拿多少……”

我围着那些麻梭子飞穿的织麻的人转圈圈，

我想留下来。

我想留下来，

坐在他们中间织麻。

这些横纵交错的梦，

比织麻的经线和纬线还要密集，

神把各种我想要的想见识的一股脑都给予我，

尤其那带着宠溺的风流的笑意，

只是，规制、道德、习惯、忠诚……

一串串鞭炮一样的概念如一篮子一篮子的蛇，

吓得层层潮汐染上了翅膀的拍击声，

声音里裹扯着宠溺的笑。

五十九

桑志华在梦中偷看我的梦，

但他不是梦中人。

我跟他说起梦中的艺术，

但他无法将那篝火上的陶罐收进他的博物馆。

那位喊我吃饭的白髯老人，

遭遇其他氏族人攻击的时候，

眼睛里的惊诧让我顿生慈悲之心的同时，

我的肋骨处生出许许多多的箭戟和矛枪，

我只想吓住那些从树林深处从水洼里冒出来的野狼一般的侵入者，

他们的石斧和标枪，

入侵者的兽类般的凶残引发了巢居在枝丫间的鸟们叠起的翅膀的拍动，

我也变成了鸟，

鸟也变成了我，

天空中浩荡着如人似鸟的队伍，

入侵者闪进裸露的阴影里，

白髯老人和我一起望着战争的无辜者，

交换着悲悯的眼神。

说实在话，

在濒临死亡的前夕，

我的血液即将燃烧的气息里，

我的灵魂，

孤零零地。

我明白，

我必须离开，

沉默于一种失望的伤痛中，

我是天真的，

桑志华，

至于你为何一定要建那座博物馆，

我想不出它有任何意义。

当然，我也无法说出我前行的客观意义，

无端地噙住满心的泪水，

寻找着应该属于我的孤独的坟墓。

这时一丝光亮闪过我的眼睛，

这是最高一个层次的认知，

我在燃烧，

我在呼唤着超时空超自然的力量！

我希望我能做些什么有用的事情。

我的眼前有两只虎在撕扯，

有两头狮子在打斗，

有一只老虎和一头狮子在打斗，

这种物种间的争斗哦，

不得不让人想到战争……

因为这个吗?

如果能让人不占有不需要多余的东西，

或许，战争就该失去任何动力，

那位白髯的长者会恢复昨天的谦美和善。

我的耳边响起他的呼唤，

“肚饿？”

“来，吃！”

“想拿多少拿多少！”

……

这是人的种群中的自省意识。

这种意识只限于亲族之间。

遮住太阳的是乌云，

开启黑暗的钥匙呢?

前行，必须前行，

桑志华，

你早些拿到柯布西耶的图纸，

建起那座圣殿，

我能明白约翰·伯格在阿尔卑斯山脚下小村庄久居的奥秘……

早一点听到那座红色山峰顶端的钟声。

此时，

我又一次见到米勒的那幅画——《晚钟》，
我们能成为画中的人物，
晚祷时的那份虔诚，
那份自省……

我在野糜子地上行走时，
奔流的眼泪弄得我的心憔悴，
桑志华赶上来时，轻轻地说了一句，
我明白了你的宗教情怀，
也许，这会催生一种普遍的觉醒，
也许就不会有氏族间的侵入，
你那位白髯老人会永远有那种微笑那种呼唤，
“来，吃！”
“想拿多少拿多少……”
我没有抹去想把火放置于星球的幻想，
只是，我懂得了那座可能出现的博物馆的意义价值，
我赞成，
不，我要出把力帮助桑志华建成那座博物馆。
瞬间，心变得舒松，
有铃声从我的腋下响起，

有钟声从遥远的地方传过来。

我的手被桑志华挽起来，

好像，第一次被一个我之外的人挽起了我的手，

他说，

我的手臂上若能流出熊熊的烈火，

让信仰之光碎成钻石一样的碎片，

鸟的歌唱谷物的飞翔会奏出响亮而有冲击力的旋律，

你的希望，

世界的明天会让那位白髯老人的脸上永远洋溢祥和的光。

钟声很快会响起来。

六十

渡过那条大河，

逃生！

白髯老人看着我的目光里写满了苦痛。

我与先民们一起泅水而往，

恐怖，忘了恐惧，

不经意间回过头去，
白髯老人涉水的样子异常吃力，
我听到了一阵疼痛的音乐，
我的胳膊太短，
够不到他的一根手指，
心灵并没有放弃死亡。
杂枝碎叶被风卷起，
我闭嘴屏住呼吸，
我这个黑暗的否定者，
我希望我能唱出比塞壬的歌还妖媚的曲调，
不惑众，
只是希望白髯老人和他的氏族的残存渡过河去。
桑志华守在我身边时，
我在昏迷中。
我听得见自己在梦中的喊声，
桑志华也应该听得见。
“我是尼安德特人，我有极强的分辨力……”
重新上路前行时，
遇到特别的情况，
我听到桑志华戏谑的喊声：
“别动我，我是尼安德特人，我有超自然力……”

他的声音可以闷死沙漠，
可以笑断肠肚。
当然，这种尼安德特人确有极强的辨别力，
有一千二百五十毫克的脑容量，
桑志华，
辨别植物种类的能力一点不比你的族类差。
桑志华很冷血的样子盯着很远的地方。
顺着他的目光凝望，
我看到很多人在挖墓坑，
还看见他们在死尸上撒鲜花，
一个人深沉地低下头去，
两片前伸的唇翕动着通过想象才辨认出来的吻，
他们已经有了很高级的精神的活动，
我希望无爱者不要打破这一吻，
我的心被割破，
血液从汗毛孔里往外渗透。

不要责备，野蛮的异族，
或许一切都源于生灵的本能。
我不想也不能制造魔法，
把尸体抛给翻滚的长河。

我像是从昏迷中惊醒，

看见血液井喷一般地飞溅，

很多凶狠的刽子手刺死兽虎，

茹毛饮血的壮观里飞翔着烟幕般的阴影。

蓦地，

几位略显清秀的身躯往石壁边移动，

几只多毛的手，调和着动物的血液和植物的汁液，

调，调到颜色十分协调的色度，

在岩壁上作画！

好美！

桑志华轻轻地叹息，

他用灰色的神经在收容着印染在他灵魂翅翼上的艺术图形。

“谢谢！”

突然插入的客套话不能不让人惊诧。

我以为跳动着的桑志华在喷血的鬼魂中攀爬，

他将我的胳膊握紧，

连连地说，

我们的博物馆一定收进这幅岩画……

我被他的激情热血所裹挟，

纠正他的语词时声音有些微弱：

“桑志华，是我，不是我们！”

转动声音的螺丝的目的不想无来由被裹进所谓博物馆的进程里。

这个法国佬！

泗水渡河，徐徐绽放的花朵，幻影中的坟墓蹂躏着我的神经，

一时间混淆了场面和风景。

六十一

是什么让他们制造血腥？

他们用各种动物的皮做成鞣制皮筏子，

他们的背后是广袤的水域，

一片大海。

这数量极少的筏子能载多少人到彼岸？

像白髯老人乃至比他还要衰朽的生命会被……

不必再往下想。

历史的真实性在想象的陈迹中划过潮湿的羞愧。

任你如何穿过混乱的痛苦，

任你如何用理想的手臂去抓天使的衣袍，
任你在暗夜里呼唤神灵之后面对大海去咆哮，
人类学史书上留下的痕迹总有血光的闪烁，
当然，
我帮你祷告，
为现代人类文明描出无灾无难，
描出消灾解难的画卷。

已经不是那种叫作焦躁的焦躁，
已经不是那种深思熟虑的创想之状，
已经不是那种想梳理乾坤想当作擎天柱的手臂。
谁是我的父亲，
我是谁的父亲？
望海时的一片茫然，
不再是从前的惶恐。
我的耳畔回响着钟声，
“当、当”
“当、当”
这钟声在我耳边回荡，
我确信，这是可以唤醒灵魂的钟声。
我好像听着什么人在向我诉说，

这么多年的思考，

这么多年的追逐，

我应该看见一些改变，

我应该看见一些变化。

诉说者不是恶魔附体的蛇，

抬头时，我发现桑志华挽着我的头发浮现在云层，

我扼住他西装的后摆，

我说，现在的我还不想飞回那紫褐色的山，

再给我几分钟，

让我找到那张图纸，

让我得阿尔卑斯山最后一吻。

六十二

你见过海德堡人（原始人的一种）的捕猎吗?

捕猎，

赤身裸体。

生殖美以及我们可以附加给他们的一种自然和自豪，

那可是对真实对真诚对生命美最好的诠释。

当你读到读出这些文字的时候，

无张扬无粉饰无欲望的让人怦然心动的美已经不存在了。

如果遇上有灵性的陌生的双眼瞟过来，

也许你会看懂海德堡人用血在岩石上留下痕迹的图画，

那是一种强烈的激发，

他们生活在自己创造的想象的世界中。

我，我们，你们，他们，对，一切的一切的生命，

都在想不断地迈出摆脱生命束缚的步伐……

终于，我明白，他们把死去的兄弟留在原地弃死而去的意义……

此刻，如果走过尘埃，也许你会听到欲望的咆哮，

你的思维最鲜活的一个层次，

会使你躺在安定医院，

望着那裸着生殖器的人享受到最美的爱。

但是你必须进化，

然后再从原始行为中获得灵性去追求去获得原始的美。

这是不多余的过程，

也许，现在，你渴望是裸体捕猎的目击者或成为

裸体的目击者。

在我的梦中，

出现了一枚埋在沙漠里的鸵鸟蛋。

这时，你的头脑不会再有毫无瑕疵这些概念，

关于天真如草莓般没有曲谱的歌声也被沙漠掩住，

你只会用你的双手小心地不停息地在扒沙，

对那插在鸵鸟蛋壳上的一丛绿草出神，

能做的事只有猜测，

这草的作用，

埋在地下的蛋是什么信号，

壳里面有没有蛋黄……

你已经追索了几十年，

猜测了几十年，

体验实践了几十年，

你没满意没成功没要到想要到该要到的东西。

为什么？为什么？

这几个字太狰狞，太残酷，是伤及性命的猛犸象，

它头上的三米长的角足以要了你的性命。

等你构思完善研究并制造出武器，

猛犸象早已姗然而去，

空留一片怨妇似的哭声。

那些裸体而捕的海德堡人，

他们只是想在迁徙之前完成最后一次捕猎储备足够的食物，

他们的刀叉箭戟朝着猎物飞去时腰间自然留下了属于子子孙孙的种子。

那短短的一瞬，

那猎手和猎物都来不及多想一点点就生成的能量来源，

是灵性！

灵性！

单一，单纯。

短小的四肢，

大而宽阔的能降温的鼻子，

让我明白了一些很难明白的问题。

进化，进步，

努力摆脱，快速摆脱生命的束缚，生命本身就有的束缚，

这需要觉醒，

觉醒后的能量饱含着一种爱，

一种单一纯净的爱，

那便是灵性！

海德堡人的枪戟向猛犸象一刺的瞬间迸发出来的可以在岩石上抹图画的迸发就是灵性！

灵性如何生成如何消失？

去找谁问？

找人类学家吗？

“当、当”

猛然间，

我站在了殿堂的尖顶，

拂晓时我飘在沟壑之上，

来自紫褐色山顶的钟声，

是我面对大海发出的欢呼。

不，

为摆脱生命的束缚，

为创造一个属于自己的世界，

为走出自己的世界，

跋涉太久，

我累了，

聆听远古的梦。

六十三

从尼安德特人到海德堡人，

若干世纪，

我们可以哀悼不存在坟墓的死亡，

有一种东西像死亡一样生长。

不是来自故意，

更不是出于信仰者的一种思考。

我总觉得有两个字挥之不去，

匮乏！

或许，一切源于匮乏！

史前史后，

因为，

匮乏食物，

匮乏爱，

匮乏自由……

争夺争斗连绵不断。

站在墓碑前的我，

站在类如灰烬的贫民窟前，

站在无比寂寞的大海边上，

我心脏的跳动是无边的祈祷，

希望无疾无苦，

希望无病无灾，

希望无疫无难。

我的眼前总闪过神圣的一幕，

耶稣的双手被钉上十字架之前的声音：

请让我再布道一回。

神圣的使命，

使命的神圣，

耶稣沉睡在十字架上，

他的灵魂飞升，

他的灵魂复活。

为什么，

总让我想起那个美妙的清晨，

想起布道的苍鹰。

我不再徘徊沙漠之中去寻找第二只第三只埋下去的鸵鸟蛋，

不舍得多喝一口储在鸵鸟蛋壳的清水，

我在海德堡人的大首领的女人要分娩前开始出发，

一只苍鹭在我踏上林草路的时候追随着不肯离开，

我望着它，

轻轻地一瞥，

羽翅间翻动着我的名字，

雨声潇潇时，

我透过雨幕看见了大大小小的教堂在朦胧的云海里矗立。

也许，这是耶稣的虔诚的呼唤。

我相信，

秩序，信仰，爱都齐全时，

海德堡人的首领就不会再遭受自己女人临产的心灵颠簸了。

黑暗的色彩淡去，

那是黎明的曙光。

我听到了钟声，

我想和桑志华交流一下刹那间的光亮，

此刻，

他不在身边。

我想告诉他，

这不是沙漠里那枚鸵鸟蛋孵出的寓言，

这是尼安德特人，海德堡人，这是所有人心里的真情，

真情在燃烧，真情在歌唱，

请快些从柯布西耶手里拿回那张图，

请阿尔卑斯山快些给我那长长的一吻，

让约翰·伯格打开他的典籍，

紫褐色山顶上的圣殿露出它的圣容，

钟声从容地穿过阳光，

地球由神重新化装，

人类，生灵，从此安康，永远安康。

六十四

不能不存在，

无法存在得舒松。

苦痛无法在心脏里扎下根去，

也不可能从肋骨里长出来，

妻子要临产，

氏族要添口，

存在环境让人无法回避，

迁徙时迈出的步伐又如此艰难……

苍白的呼吸。

河流，沟谷，

林莽，还有凶狠的猫头鹰，

这是一个永远不可衰退的故事。

因为我们身上有他们的基因。

面对飞奔而往的野兽，

他们不是流浪者，也不是迷失的信徒。

他们只是为了存在，

一切行为不在选择中，

只是千方百计让手空出来，

如何让双腿直立，

能够有远程武器可以使用，

在和野兽的游戏中改变规则。

只为活下来，

只为存在，

必须得到猎物，

一家七口一个月的生存之欲支撑着投枪的寻觅的锐度。

“当、当”

钟声突然刺破了火光，

火种诞生的讯息形成了宇宙中最为复杂的结构，

紫褐色的山上，用火烤肉，

锤子挥舞，

羽毛般的声音穿透蕴在人类骨子里的基因。

伴着钟声，

高达数千米的冰川耸立不去，

自然界里宇宙间那些无法想象更无法描摹的沟通，

只能任它存在任它延伸……

我大声地呼唤桑志华，

继续延伸，

再延伸，

数百公里之外的就是今天的法国，你们的法国。

桑志华浑身抖成一个团，

极度的寒冷像一只猛兽，

我害怕他跪在山谷里，

便拽住他的衣领大声地呼喊，

“看——”

每小时五十公里，

颌骨，每平方厘米有一百零五公斤的咬合力。

它，正在像风一样地奔跑，
在广袤的原野，
在飘浮的灌木丛中，
在冻僵了的雪花下面，
在构成弧线的山谷间，
它们追逐着想象中的篝火，
构思着氏族首领第一个婴儿的哭声，
追逐着闪亮的飞翔。
它们就是冷酷高效杀手
——狼。
天地谱成的圣歌是那一闪的火光，
火焰把冰冷的冬雪变成了温暖的家，
我们为最早在火上烤肉的族类献歌，
更为那第一次把动物骨头打磨成针做出衣服的祖先匍匐虔敬地一拜……

心灵的空隙处有歌飞过：
“忽有故人心上过，
回首山河已是秋。”
桑志华问我，你说啥？
我说我在唱古人的歌。

我问他你在看啥?

他说他在看画。

那的确是画。

岩壁上，海德堡人画下每日的生活，

那是早期的艺术。

我转回身，

和他一起看着那些真实的足迹真实的生活生动的艺术，

而我的眼前再一次出现浑圆的教堂，

没有哀悼，

面对亘古的尘土唱不出属于什么的挽歌，

如果说心中有祈祷，

黑暗中谁也不能说没听到声音，

眼里饱含泪水并未等待谁来抚慰，

甚至，

我想用我的歌声将坟墓前的灯点亮。

这时，

就在这时，

遥远的紫褐色的山峰传来神圣而响亮的钟声，

“当、当”……

六十五

那片雨珠滴下一个天堂，

我看到了世界上第一位农民，

女性祖先，

她正将质量高的种子种在肥沃的土地上。

从此村庄出现人类首次定居。

除了看见冷酷高效的杀手——狼以外，

我还能看见我们祖先驯化饲养的家畜，

那无声的惊愕，感觉到我的脸和山峦相遇，

我的身高急剧下降，

竟然不到一米五，

我卑躬屈膝，

开始了新的哀悼。

人类遇到了宿敌——流行病：梅毒、肺结核、天花、黑死病……

应该是比狼冷酷比狼高效的杀手，

饥饿引发了氏族间的战争。

人们从耕种的土地里扛回小麦时，

十分之一的人留下伤痕，

哀哭的人正为逝者建筑积石冢。

人类第一个村庄的人刚刚走出初恋般的狂热，

正在饱受蹂躏饱受折磨。

说人类改变生存面貌吗？

说被躯壳包裹的灵魂出了红色的洞穴吗？

我不敢抬头望过去，

存在的密码包紧了双重的含义。

农耕文明生出了新的哀悼，

从我们先祖有组织的宗教活动中感觉到了一种言辞的扭曲。

驯养的家畜也来分享同一花朵的蜜蕊，

我们不知如何写下欣喜的同时让风吹去脸上的泪水，

战争的残酷使刚刚进化成人的动物重新有狼的奔跑速度，

让我们仿佛看见狼的刀叉刺进了我们的眼睛，

困惑伤痛的眼神不认识了太阳和月亮。

六十六

飞翔的眼泪，

那炯炯的目光，

生命初始时的天真，

他确信，迁徙开跋的前一瞬，

他的父亲一定会回来。

这个弗洛里斯人的后裔让我感动，让我心生喜欢。

我不明白，也无法弄懂，当他被迫前行，在沟谷的沙土里捡起一根长长的直骨时的激动，

他把那无任何附着物的白骨放在面颊上，放在唇边……

看着他走进大海，扑向海浪的一瞬，我流泪了。

我的儿子？

不，

我们的祖先，

不知在他们的前面还将遇到什么磨难？

我们祖先，

我们人类，

一路走来，

经历了多少磨难？

今天，

疫疠造成死亡每天百万千万……

尼安德特人，

海德堡人，

弗洛里斯人，

……

我们祖先，

他们的魂灵在哀哭，

祭祀他们遭受惊恐遭受磨难的子孙后人。

我跪在海边，

我找不出祭祀的任何一种仪式，

我祈祷神的降临，

给我一种特别的方式，

让我为我的同胞，

不，

为华夏子孙，

不，

为跋涉前行至今的祖先，

为在地球上跋涉的人类祈愿祈福！

平安康健，

无灾无难，

送走疫疠，

消灾降福……

我睁开眼睛时，

大海变成了沙漠，

我被沙漠埋住，

只剩下一只胳膊，

狂风大作，

桑志华将我搀扶，

弗洛里斯人和我抱成一团，救我出了沙漠。

风洒下了点点光斑，

昏迷中的我被拖出坟墓般深深的悲伤。

沙漠刹那间恢复大海的波涛，

那副炯炯的目光太阳一般直逼我的眼睛，

当一个尼安德特人用一残破脑骨舀了海水要我喝时，

“不喝，呕——不喝！”

那炯炯的目光击碎了那狰狞的骨瓢，

海水融回大海。

这些弗洛里斯人族团里有的或许刚刚被毒死……

我们的祖先在护佑，

神在护佑，

时光在先人的恩宠下，绚烂，斑斓。

恐怖感不再张扬，

大海恢复了宁静。

我盯着弗洛里斯人，应该是，应该是一位母亲手里的螺壳出神。

装盛水，

输送水的。

人类在谋生存的过程中有了创造力，

有了想象力。

也许，人类远古时期可称为梦中的乡村。

桑志华闯入我的梦里，

“在想什么？”

“不知道在想什么，我很想想起一些什么，我不知为何想不出什么？”

梦里，

我把螺壳和一些什么别的贝壳粘在一起，

还用带子系成网状将壳瓶子套上……

我向祖先学习，

我得到了先人的赏识。

我向着辽远的海域望去，

大脑活跃起来。

苍茫的海域与缥缈无涯的星空融在了一起，

哭泣，哭泣……

心中怅惘无法说清。

这里，

我的先人，

你或者他，

虽然强壮，

很可能一会儿就不能回来了。

被狼被狮豹被氏族的侵略者……

大海的那一边，那一边，

此刻，上百万乃至上千万的兄弟族人被疫疠夺去生命，

尸骨在殡仪馆门外排队。

他走了，

他们走了，

我不要在哭泣的羽毛间消失，

我也无法摘下在辨别谎言躲过符咒的阴影，

也不该幽灵般出没于山崖，

我不是知更鸟，也不是夜莺，既不能唱出献给修道院的颂歌，

也不能在鲜血前跪地哀号，

无为地空耗生命空耗时间，

是对自己也是对祖先的犯罪，

日出前，

哪个神圣的日出前，

我才能听到连绵不断的钟声？

日出前的钟声哦！

六十七

在遥远的几百万年前，

我看见了母亲的脸，

那声音，狼一般嗥叫，

不是我太高傲没有哭，

她脸上的苦难让我不敢去想几乎终日渴望的乳房。

可惜，我不会绘画，

我画不出那攫取而不屈服不卑微的眼神，

那深刻下去的皱纹里为何闪动着迷人的美丽?
毫无来由地传来的钟声,
还有那贝壳穿成的项链,
我认识了想象力,
阿法南猿有了很强的想象力,
我们的母亲有着永远的想象力。
用了这么久的想象,
我才认知了为何这是母亲的容颜?
苦难的面膜掩不住骨子里的魅美。
忍不住,
我大声地呼喊,
——妈妈!
天倾瓢泼大雨,
那是我悲苦的泪水,
是我思念的帘幕。

“南美洲亚马孙雨林的一只蝴蝶轻轻地扇动一下翅膀,两周后就可能在美国得克萨斯州引起一场龙卷风。”

——蝴蝶效应

这个蝴蝶效应让我想到了一个美丽的少女。

——露西

想到了一座山峰。

——喜马拉雅山

喜马拉雅山脉和露西的连锁反应，颠扑不破的蝴蝶效应。

板块碰撞的褶皱形成了喜马拉雅山脉，

季风的诞生像游吟诗人舞动红色的血液开始了一场轰轰烈烈的爱恋，

从此，空气不再湿润，雨林收缩，草原出现，

为了适应气候的变化，

单独分裂出直立行走的猿，

矮树林的月光下一丝轻轻波动，

一个叫露西的少女款款走来，

直立行走的双足在人类渴慕的小径上唱出了羞涩的歌赋。

从此，一个叫阿法南猿的族类诞生了，

一切关于人类的故事开始了……

连锁反应，

蝴蝶效应，

“你信吗，桑志华？”

此刻，他不在我的梦里。

应该，我应该知道他的去处，

他没有忘记他的使命，

梦的一程又一程，

祖先的足迹让他受到启迪。

他倾听着苍鹰的喉音，

有节奏地敲击柯布西耶写在石块上的曲谱，

把书信缚在鲜红的翅膀下，

我能听得见他的声音，

“图纸，你要的图纸在一枚贝壳里。”

没有人会欺骗我，

我借着一朵飘升的云围猎梦中的月亮鸟，

先把那座圣殿的廊柱的图标构思成熟，

正殿宝座的颜色，

去偷他每一个辽阔的夜晚，

从放纵的阳光里收拢回祈祷者的书信，

再去和约翰·伯格做最后一次讨教，

向阿尔卑斯山脱帽致礼并接受它的一吻，

狄兰·托马斯到处隐喻到处象征的诗人，

也在那紫褐色圣典仪式开始时靠近我说他该说的悄悄话：

“你从梦中的乡村走来，在这个黎明以及每一个最初的黎明，你的信念永生不灭，犹如被统治的太阳发出的怒吼。”

这圣典太隆重，

只能用溢出来的微笑送去我无法抑制的一吻。

六十八

望着从英国飞到南非的燕子，

望着走向不同方向的蹄印，

望着肯尼亚地区的匠人那薄的头颅骨和细小的面部，

伤情，

怅惘，

莫须有的虚无，

让我一时不知自己是谁为何在此地停留？为何在此地停留？

请让我大声地哭泣。

智人穿过茂密的竹林，

走失在我眼前的一片朦胧，

我像又沉在梦中，

梦里有黑色的教堂，

月亮鸟在啼鸣，在风中啼鸣，

它的羽翅上裹扯着祈祷者的传奇。

三米高的智人巨人已明白在火上烤肉，

他们打破头脑的枷锁拉住了人类童话的袖管，

我没有跟随学会探索人物的心的匠人沿着尼罗河穿过非洲，

倒拉着臂不过膝的智人飞翔于波涛之上，

不想等待桑志华的图纸，

我用音乐，用此刻想有的诉说送回紫褐色的山峰，

带着这久长的跋涉储存在脚底的隐秘，

亲手去敲灰色的钟，

竹林里牙齿大于人四倍的祖先，

停止咀嚼芦根，

甚至停止交配，

甚至放弃对一只新雌猿的迎接，

而跟我一起挥起黑灰色的锤，

“当、当”

“当、当、当”

“当、当，当、当……”

让茂密的竹林，

让山谷河海，

转动着整个地球，

点亮神圣的心灵，

用哭泣般的钟声，

用钟声敲出的太阳般的光亮洒在人类生灵腰间的伤口上，

从此：

消灾降福，

祥和康泰，

自治自愈，

无灾无难。

新雌猿的出现，

不是威胁，而是挑战。

不但喜欢交配，

不但有了更强的捕获食物的能力，

不但拥有了越来越强的好奇心，

而且，

年轻的雄猿越来越懂得谨慎，

如果他们获得食物的能力降低，

能人就失去领头人的资格，

你便会从猿群里看到悲恸欲绝的怆然风景，

存在，

食物，

突然，在那个星星飘坠的夜晚显出了辉煌。

这时，我不得不宽恕了交易、贪婪和狡猾。

我更加明白了能人所扮演的角色的意义，

——制造石头工具，

——获得更多种类的食物。

群体的存在，

争取王后的资本，

不失去领头人的资格……

我终于理解并记住了一句重要的话，

驰骋时躲过虚妄的阴影和符咒，

对付爪角兽和冷酷的狼的能力会使你得到命运的恩宠。

六十九

确定，

我正站在非洲大沙漠，

我没有看见一对骆驼，

我看见了埃尔莫落人的四个小屋。

祭祀，保佑，祈祷，

这些神明撒下来的，不止一次地撒下来的，频频撒下来的词语，

让人类用调成褐色的糊状物涂满我用贝壳做成的项链。

我成了一位咏唱者，

和埃尔莫落人一起走进了祖先创建的圣地——第三座小屋，

虔诚地坐在为部落求雨的场所，

没找到梦幻的镜子，

但我确信祭祀的表情一定很神圣。

好像，

我一直信奉着神明，

神明为我布下了慈悲的花园，

我突然觉出了一路跋涉的意义，

埃尔莫落人的四个小屋就是神明一定要送出的礼物。

在人类并没有接受管理的久远的荒蛮的沙漠上，

人类已经画出了管理自己的图画，

——那茅草搭建的四个小屋。

人类轻松地为自己编辑了教材，

课本上的词语还便于咏唱：

啊啊啊，

——祭祀，

啊啊啊，

——保佑，

啊啊啊，

——祈祷！

一路上，

心跪下，

虔诚地祈祷！

柯布西耶的图纸藏在埃尔莫落人的小屋里——

我找到了，

我们找到了，

桑志华也正走在返回的路上。

我告诉他，

黄昏时分，

不要说沙漠过于凝重，

昙花正在绽放，

消失的金字塔在图尔卡纳河旁现出终古常新的模样，

神明在向你描绘天国的容颜，

那紫褐色的山峰顶上正展示岁月深处的辉煌……

看见的图像，

听到的旋律，

梦见的花朵，

也许都不必依信。

我不知道，

哪路神明在埃尔莫落人的哪间小屋里燃起了古老的歌声，

尼罗鳄把我驮在了它的背上，

我穿越了千百年，

背着一帘幽梦，

一瞬间的凝固，

我终于看见了我信奉的神明，

在祖先创建的圣地，

——四个小屋面前，

我惊呆了双眼，

往日的迷茫，

不着边际的幻想，

一切都不是隐喻。

风轻轻地擦着夜的漆黑，

星星在呼唤遗忘的遗忘，

月亮举起左手，

绿牡丹花盛开，

我睡在它们的怀抱里，

听他们说着生命之谜，

听他们说着死亡之谜，

秩序，信仰，爱……

却原来，

人类生活的骨架早就立在埃尔莫落人的四个小屋前。

令人信奉的神明，

一路导引，

让我躺在波涛汹涌的海浪上，

让我在冷酷高效的狼的唇齿间，

让我在白髯鼓肚腹的老者的紫色的碗里，

让我在图尔卡纳的河畔，

让我在尼罗鳄的宽阔的背脊上，

认知了我的初衷。

你没有辜负我，

我更没辜负我，

神灵没有辜负我。

我带回了宝典上的文字，

我愉快地读着课本上的扫盲文字，

祭祀，保佑，祈祷，

秩序，信仰，爱……

我跟着埃尔莫落人在离图尔纳河不远的地方停下来，

在长老举行的古老的祈祷仪式上泪流满面，

我的目力不算好，

没能登到岩石上去担当瞭望哨，

也无法寻找尼罗鳄的踪迹，

我的手不够长平衡能力不够好，

无法指出尼罗鳄明确的坐标也得不到在木筏上举着诱饵的光荣职责，

但是，

我知道，

埃尔莫落人早就有纯良的秩序，

我可以躲在岩石后面向上天唱出祈祷的歌谣。

我也可以加入迎接勇士凯旋的女人们的行列，

神明早已用褐色的糊状物涂满了我的贝壳项链，

我早已跪坐，

将手中的鱼作为祭品抛入河中，

希望神明保佑，

希望神明降福，

保佑，降福，

永远无病无苦，

永远有食物，

永远无灾无难……

我的哭泣穿过了波浪，

感谢神明，

指引了我的祈祷。

七十

桑志华跪在布须曼人的一棵树下，

没有彷徨，

也不神圣。

他两眼贪婪地盯着那个沙坑，

看着布须曼人著名的厨师将能顶二十四枚鸡蛋的一枚鸵鸟蛋打碎，

将蛋液倒在沙坑里，

然后用沙土将蛋液埋了，

十分钟后，

桑志华脸上飞过一抹疯狂的微笑，

沙漠蛋饼就伸进一群孩子惊喜的嘴里。

桑志华一定还要见识布须曼人的猎人，

精准追踪到猎物的千里眼约瑟夫让他很喜欢，

硬汉乔纳，用各种虫子制作毒箭头的“百科全书”涂卡跟他对视时，

他的脑子里想着探戈乐曲。

也许桑志华是幸运的，

他终于见识到神枪手法尼经历的那场与羚羊之间的死亡赛跑。

——人与猎物之间比拼的一场生死战。

我想象不出任何一首赞扬英雄的歌谣，

不知道没有以前的将来，也无法去想象没有将来的以前。

只见乔色夫正模仿着羚羊的动作给羚羊定位，

羚羊闻到人的气味，

便窜出草丛狂奔起来，

法尼慌乱中射出一箭，

失手后只能使用最后一个办法——死亡追逐。

重振士气的法尼奏出了改变命运的欢乐和单纯的勇敢。

气温四十摄氏度的天气人和动物之间开始共同谱写死亡赛跑的童话。

羚羊和法尼，

先倒下的是谁呢？

也许我们看到的是岁月是时间不真实的骚乱的回忆，

两个小时之久的死亡追逐之后，

在一棵树下，

法尼站在一个大羚羊身旁。

我真想从一代一代的玫瑰中挑选到永远不被遗忘的一朵送到法尼的手上。

这时，

法尼俯下身去轻轻地抚摸着羚羊，

让我记住了那个古老的往昔，

记住了那古老往昔的眼神，

——充满了对对手的尊敬。

法尼闭上眼睛的时候，

我仿佛听到了一种沉重而痛苦的声音，

赢了这一次食物和生存的权利，

这只是一次短暂的成功，

生存的挑战仍将在这片土地上继续下去。

七十一

黑暗让我感到寒冷，

同时我也感觉到了炽热的真情。

抛弃了荣耀走出了迷宫。

沙蛋饼、蛋壳水、野羚羊、尼罗鳄，还有那冷酷高效的狼……

沙漠大厨娘、鼓着肚腹的白髯老人……

黎明前，

我跟随他们，

不，

他们携手簇拥着我。

饥渴、痛苦，

还有人类的梦想，

萦绕成绚烂的彩虹呼唤着记忆里的吟唱。

像迎接捕鳄凯旋的英雄一样，

仰望着紫褐色的山峰，

凝视着比朗香堂更辉煌的教堂圣殿，

女人们把神明涂满了褐色糊状物的贝壳项链戴在脖颈上，缠绕在臂弯间，

翩翩起舞，

夜莺一般歌唱。

聆听着远古的梦，

聆听着神秘而圣洁的钟声。

“当、当”

“当、当”

日出前，

响起了钟声。

紫褐色的山巅，

耸入云霄的巨石，

朗香堂般的圣殿，

还有桑志华的博物馆，

被神明赐予一片灯火辉煌。

“当、当”

“当、当”

歌声，

钟声，

哭声，

欢笑声融成一片推出飞扬的海浪，

构成神明肃穆庄重的喉音，低沉卓然。

“消灾解难”

“祈福祷告”

“秩序，信仰，爱”

宇宙的符号鲜明，

字母的创始者从海参崴的高坡上走下来，

用他手中的字母，构成玫瑰花的原形，

“他用笨拙的手制作一个陶俑，向它传授字母、

时间和空间的秘密”（选自博尔赫斯诗）

“伊甸园的亚当和星辰知道这名字”（博尔赫斯诗）

紫褐色的山峦，

宇宙空间的各种符号，

沉浸在日出前的晕在橘红色的光幕中，

“当、当”

“当、当”

人类听出钟声蕴含着的激情。

我向紫褐色的山上攀爬，

见桑志华正跪伏在山坡上查询翻找。

山石、岩块，遍地的石子差不多都变成了均匀的黑色的蚂蚁，

会爬动的黑蚂蚁，

细瞧，多半是汉字和法语还有英文字母。

桑志华专心地组合，

他转回身朝我一笑，

我很明白，

朝他左前方爬，

默默匍匐，

一个字一个字地往外挑拣，

辟出一小块空白地，

在这座山的西侧的一个位置上拼出了长行和短行：

“旋转的世界，

微笑穿过太阳，

钟声被粉红、红黄色的旭日的光缠绕，

玫瑰被狂奔的羚羊挑在犄角上，

猎手神经叠着神经，

采一束百合网在高效残酷的狼的毛发上。

鳄鱼被拖进山洞重新分割，

鸵鸟蛋壳头上顶着绿色的草满蓄着清水掩在沙漠里……

宇宙的模样很真实也很生动。”

桑志华把他写在地上的诗读给我听，

走进渴望的宁静，

上帝是我祈望的爱。

我们会心一笑，

望着黑色蚂蚁缝隙里正在往外钻的黄绿色的草芽儿，

我在草缝里沉思，

这里正衍生着新的一大片摞着一大片的好奇心和

文字，

我跪下来，

我的牙齿、我的舌尖往缝隙里伸去，

一层摞着一层，

层层叠叠，

层层叠叠着黑色的蚂蚁，

一只蝴蝶飞来，

喜马拉雅的季风生出该用的效应，

索引可以声控。

可以登山玩耍，

可以随时与黑蚂蚁交上朋友，

请不要说不相信，

我和桑志华走进了隐者的小屋。

巍巍红色山，

粼粼石砂岩，

黑黑蚂蚁眼，

每日都在排字出版新书籍……

红山文化源头清水脉脉。

当我攀上山顶时，

我看见巨石的这一侧镌刻着娟美的英文，

詹姆斯·乔伊斯《尤利西斯》，

卡夫卡《城堡》，

布朗肖《未来之书》，

安妮·埃尔诺《悠悠岁月》，

博尔赫斯《小径分岔的花园》，

阿道夫·比奥伊·卡萨雷斯《莫雷尔的发明》，

普鲁斯特《追忆似水年华》……

这是怎样的功夫心血，又是怎样的心力怎样的功效呀！

某些章节某些片段都历历在目……

石锉，电锯的声音？

我没有看到那熟悉而圣意的后脑，

转过去，

他正在巨石另一侧，

细切飞快地打磨。

“干什么？”

“磨掉这些字！”

“为什么？”

“还有新来者……”

神明推来一种声音：

“谁如果不打碎而又重建，谁如果不从骨子里找到新的信仰……”

听到狄兰·托马斯的声音：

“一声祈盼色彩的呼唤，随风吹响像坟墓和大海一样肃穆、淫荡……”

抻一抻被石洞剐破的衣襟，

摸一摸脸颊上的皱皱和眼角处的深纹，

所有的探寻也许早就失去了意义，

风吹碎了热泪，

灌木丛扫乱了我的头发，

倚住狮子的胡须忍住了哭声。

一回头，

柯布西耶的雕像浮动着宁静和微笑，

给了我一瞬的抚慰，

我想走进那座梦寐以求的比朗香堂还辉煌的圣殿，

那个影子一般的桑志华轻轻地整理了一下领花，

很绅士地挽起我的臂膊，

像进入婚姻殿堂一样充满了喜悦。

幸福感涌动，

宁静，

止语，

我随他走进他的圣年博物馆。

“当、当”

“当、当”

钟声将旭日的粉色橘粉色红色的光调到神秘而圣美的状态裁成了我的披肩，

神明又一次为我涂抹贝壳项链，

真好像《婚礼进行曲》一样，

在单色的镇静里，

我随桑志华沿着山的阳坡往下走，

红山顶峰圣殿的正门在山的底下。

巍巍紫褐色的山峰底下是空洞的所在，

整座山是神圣殿堂的穹顶。

袅袅婷婷的香烟轻轻缭绕，

像是神灵赐给什么人的礼服。

圣殿的底部首先是一座殿堂，

沿着这神秘的大厦内设的电梯，

登上顶峰的正殿，

所有的窗都是门，

峰顶部的那扇浑圆的穹拱窗玻璃被朝阳喷染成霓裳羽衣一般的色彩……

周围的每一扇窗都是斜铺过去，

倚窗而立，

我把对创造者的赞美献给了虚无。

图书在版编目（CIP）数据

日出前的钟声 / 刘景侠著 . -- 北京：作家出版社，2025. 10. --ISBN 978-7-5212-3608-8

Ⅰ. I247.5

中国国家版本馆 CIP 数据核字第 2025B0R281 号

日出前的钟声

作　　者：刘景侠
责任编辑：向　萍　赵文文
装帧设计：琥珀视觉
出版发行：作家出版社有限公司
社　　址：北京农展馆南里 10 号　　**邮　　编**：100125
电话传真：86-10-65067186（发行中心）
86-10-65004079（总编室）
E-mail:zuojia @ zuojia.net.cn
http://www.zuojiachubanshe.com
印　　刷：河北尚唐印刷包装有限公司
成品尺寸：133×210
字　　数：174 千
印　　张：9.75
版　　次：2025 年 10 月第 1 版
印　　次：2025 年 10 月第 1 次印刷
ISBN 978-7-5212-3608-8
定　　价：68.00 元

ISBN 978-7-5212-3608-8
9 787521 236088 >